Quelqu'un en vue

Du même auteur

Dans la remise, Flammarion, 2014, J'ai lu, 2016

Inès Benaroya

Quelqu'un en vue

Roman

Flammarion

ISBN : 978-2-0813-7519-2

« Les images, on le sait, ont une double fonction : montrer et dissimuler. »

Jean GENET

Première partie

« Il n'est pas d'objet plus profond, plus mystérieux, plus fécond, plus ténébreux, plus éblouissant qu'une fenêtre éclairée d'une chandelle. »

Charles BAUDELAIRE

« C'est la chance de ta vie. T'as pas intérêt à la laisser passer. »

Elle ne s'est pas arrêtée de jacasser depuis qu'ils sont partis, et même maintenant qu'ils montent les marches. L'effort l'essouffle et ses paroles s'entrecoupent de soupirs, pff, encore un étage et on y est, pff, tu m'fais faire mon sport de la semaine, dis donc.

Elle se hisse dans l'escalier étroit. Il la suit en silence. Ça ne l'a pas gênée de passer devant lui. Ses fesses moulées dans son jean roulent au-dessus de son visage. Il n'a pas envie de regarder, pourtant ses yeux voient malgré lui. Sur le palier du troisième, elle fouille dans son cabas. Tu vas voir, ils ont fait ça nickel, t'as vraiment de la chance. À peine entrés, la visite commence, le coin-cuisine tout équipé, pff, les peintures refaites, en blanc, ça agrandit l'espace, regarde un peu les finitions, pff, et du lino, pratique pour l'entretien. Elle a une drôle de façon de hacher ses phrases, à contretemps, comme la trace d'un accent. Elle enchaîne sur la salle de douche, le radiateur électrique pour les serviettes, et la lumière, ah oui, surtout la lumière, elle le pousse vers la fenêtre principale, en face il n'y a que des immeubles bas et des maisons, c'est une rue calme, je peux te dire que chez moi, c'est pas aussi agréable. Pff.

Le tour terminé, elle conclut, en posant la main sur son avant-bras. Bon, c'est pas bien grand, mais pour toi, c'est un quatre-étoiles, non ? Elle s'appelle Sybille Loiseau. C'est sa travailleuse sociale. Depuis le début, elle le tutoie. C'est pénible, cette manie de vouloir faire ami-ami. En d'autres temps, il lui aurait appris la politesse, mais là, il se retient. Se retenir, c'est devenu son fort. Et le pire, c'est qu'elle n'a pas tort. La piaule en jette vraiment.

Sybille Loiseau lui reparle de sa chance. Une occasion comme ça ne se représentera pas. Ce studio, le boulot, l'association, c'est ta chance. Tout le monde a le droit à une deuxième chance. Va pas tout foutre en l'air avec des conneries, et ça se passera bien. Elle fait rouler ses yeux pour appuyer son sermon, deux billes avec des cils drus comme des poils sur un balai-brosse. Tu vois, nous, à l'association, on y croit, à la deuxième chance. C'est pour ça qu'on aide les gens comme toi, ceux que la vie n'a pas gâtés. Ça vire à l'obsession, cette histoire. Qu'est-ce qu'elle en sait, de sa chance ? Peut-elle imaginer par quoi il est passé ? Mais il se tait. Se taire, c'est son unique option, depuis longtemps. S'il se la boucle, s'il garde pour lui ses conneries, ça se passera bien – comme elle dit.

Avant de partir, elle prévient, je reviens vendredi. On ne va pas te lâcher dans la nature, nous, à l'association, on y croit, au suivi. Je dois rendre des comptes au juge, alors tiens-toi à carreau, sinon tu sais ce qui te pend au nez. Commence ton boulot. Va chez le coiffeur. Refais-toi une tête présentable, essaie de donner une bonne impression dans le quartier. C'est pas un ghetto à pauvres ici, il y a des gens bien, la municipalité parie sur la mixité.

Puis elle a ce geste qui le laisse sans réaction. Son cerveau comprend ce qu'elle attend de lui, mais son corps ne répond pas. Si près du but, c'est dommage. Il suffirait de lever le bras, tendre la main et attraper l'éclair qui oscille dans la lumière. Saisir ce qui est offert, sans avoir à voler, arracher ou tabasser.

Sybille Loiseau sourit.

« Je sais. Vous êtes tous pareils. »

Elle lui attrape la main et fourre les clés dedans.

« À vendredi. Sois sage. »

Elle claque la porte et il l'entend descendre en soufflant.

Par la fenêtre, il l'observe. Elle fume en regardant ses pieds. Puis elle s'engouffre dans une Clio qui rame au démarrage. La courroie à coup sûr. Mais chacun ses problèmes.

Tous les immeubles de ce côté-ci se ressemblent, en brique rouge, pas plus de trois étages, de petites fenêtres avec le garde-corps peint en blanc. La rue n'est pas large, mais on voit le ciel. En face, ils ont transformé des entrepôts en maisons individuelles. Autrefois, c'était un quartier ouvrier, maintenant on appelle ça des lofts, a expliqué Sybille Loiseau comme s'il était un demeuré. Le quartier est en cours de rénovation. Une réhabilitation exemplaire, on en a parlé à la télé. Il fait partie du dispositif. Il est un exemple.

Il ouvre sa main crispée sur le trousseau. Un anneau métallique et une clé en alliage léger, triangulaire et fraîchement crantée, de marque Vachette. La clé a laissé une empreinte dans sa paume. *Sa* clé. Dans son dos, quelque chose appuie. Trop de mots, trop d'images, ça déferle dans son cerveau et la pièce se met à tourner, les murs, les placards au-dessus de l'évier, la porte de la salle de bains, la lumière violente, un débordement de blanc irradié de soleil. Il se laisse tomber sur une chaise, écrase ses mains sur la table, les doigts écartés comme un cri, et ferme les yeux. Du calme. Ça se passera bien. Il tend l'oreille. Avec le temps, son ouïe s'est aiguisée à décoder ce que ses yeux ne peuvent pas voir, comme une bête. Il guette, mais il n'entend rien. Pas le moindre souffle. Nada. Cette masse qui oppresse ses tympans et met le sol au plafond, c'est le silence. Le vide. Le néant. Comme dans une église, ou une tombe. Comment vit-on quand il n'y a rien à entendre ? La tête entre les mains, il presse sur ses oreilles et du fond de son crâne enfle un brouhaha, les insultes d'une fenêtre à l'autre, les pas précipités sur la cursive métallique, la gamelle contre le sol humide. Il relâche son emprise. Le vacarme se tait. Il faut tout réapprendre. Le blanc. L'horizon sans grillage. Les conversations où l'on échange des mots et non des raclées. La densité de l'air dans une pièce propre et lumineuse, où il est seul. La paix.

Il repose les mains sur la table. Peut-être n'est-il pas resté assez longtemps au foyer – un bon sas, a prévenu le juge. Il va s'habituer. C'est une question de jours. Ou de mois. Ou d'années. Ne pas penser à demain. Rester concentré sur le réel. Le plateau de la table. Ses mains tavelées sur la surface lisse comme une patinoire. D'un ongle, il gratte. Pas un défaut sur le plateau. Du suédois mélaminé, impossible à entamer ni même à rayer. Comme du Formica. Ras-le-bol des vieilleries, avait dit son père le jour où il avait rapporté la nouvelle table en Formica. Michel et lui l'avaient aidé à virer l'ancienne dans la cour, à côté des baraques à lapins, puis son père avait renversé de l'eau sur le Formica et leur avait demandé d'observer. Rien ne marque, et sous la couche de résine, il y a du bois. Ils l'avaient regardé s'enthousiasmer, un peu inquiets. Les instants anodins dégénéraient souvent avec leur père, comme si rien n'était jamais à la hauteur. Malgré le Formica, sa mère avait continué à mettre sa toile cirée, ce qui avait eu le don d'exaspérer son père, mais au bout de quelque temps, on n'en avait plus reparlé.

Autour de lui, la pièce est nue. Quelques rayonnages au mur. Il va pouvoir ranger ses livres et surtout ses outils, qu'il a laissés au garage de Riton, il y a huit ans. Avec cette lumière, et pas de rideaux, il va pouvoir s'y remettre. Depuis combien d'années n'a-t-il pas tenu une pince, ou des brucelles ? Sait-il encore doser le souffle de la poire, serrer les mors de l'étau sans abîmer le boîtier ? Il balaie du regard les anfractuosités de la chambre – table, chaise, portes. La pièce est inerte, comme dans l'expectative. Rien ne se mettra en mouvement s'il ne donne pas la première impulsion. C'est fini le temps où l'on décidait pour lui jusqu'à l'heure de pisser. Il est seul maître à bord à présent – et vogue la galère.

Il se lève. Tâte le canapé-lit. Dormir seul, vraiment ? Il entre dans la salle de douche. Fait couler l'eau. Elle est claire, dans les toilettes aussi, si pure qu'on pourrait la boire. Il caresse les murs, c'est doux comme la peau d'un fruit. Il allume et éteint. Choisir l'instant précis où la lumière jaillit. Attention, de nouveau le vertige. Il s'appuie sur le lavabo et regarde le miroir. Les miroirs brisés font des armes redoutables, bien tranchantes. Ça, c'est une connerie, dirait Sybille Loiseau. Ce miroir n'est bon qu'à refléter son image, un visage de vieillard aux cheveux longs en catogan, aux joues râpeuses de barbe et à la paupière triste. Sybille Loiseau a raison. Il n'est pas présentable.

Il entend du bruit dans la rue, retourne dans la chambre et regarde par la fenêtre. Un camion de déménagement se gare en face, avec un chapeau breton sur le flanc. Au moins quarante mètres cubes.

Six malabars en sortent et s'étirent. Ils allument une cigarette et prennent leur temps, adossés au camion. Quand la pause est finie, ils sonnent à la porte. C'est une maison sur trois niveaux, haute comme son immeuble, avec un portail en bois ouvragé. Une femme leur ouvre. Ils discutent puis les déménageurs commencent à empiler les cartons sur le trottoir. La femme revient avec des canettes sur un plateau. Par la fenêtre fermée, il voit ses lèvres bouger. Elle secoue ses cheveux blonds sous le nez des déménageurs. Quand elle rentre dans la maison, ils se marrent. Ils doivent blaguer sur son cul.

En face, on emménage. Comme lui. Enfin, presque. Les voisins n'ont pas de Sybille Loiseau pour leur expliquer leur chance. Il y en a pour qui la vie n'est jamais un problème.

Il tire la chaise et s'installe devant la fenêtre. Le va-et-vient des cartons ponctué des apparitions de la femme, le déballage incessant des meubles et les engueulades des déménageurs l'occupent le reste de la journée.

Il a faim. Il n'a rien avalé depuis qu'il a quitté le foyer, hier matin, à l'aube. Il somnole sur le canapé qu'il a replié dès le réveil. Il a faim, mais rien ne vient. Maintenant, quand il veut manger, c'est à lui de s'en occuper.

Il va falloir sortir. Sybille Loiseau n'a pas pensé à remplir le réfrigérateur, ou bien ça fait partie du processus. Il se lève et tourne en rond. Ça, il sait, trois pas dans la longueur puis on pivote, une grande enjambée parce que deux, ça ne tient pas dans la largeur, et on recommence.

Il colle son oreille contre la porte. Pas un bruit. C'est le moment. Il ne croisera personne. Ne pas oublier l'argent. Il va chercher l'enveloppe sous ses pulls. Elle est gonflée de billets. Il hésite, en prend deux de vingt, ajoute dix. Il n'a aucune idée de ce dont il a besoin.

Il se poste devant la porte et attend. Il faut réapprendre ça aussi. Personne ne viendra ouvrir.

Reprendre tout à zéro. Assimiler ce que même les enfants et les imbéciles savent. Il se retourne. La clé est sur la table. Il attrape le trousseau, ouvre la porte et reste stupide à ne pas oser la claquer derrière lui. Il a la clé dans la main, mais il s'inquiète. Il fait jouer la clé dans la serrure, plusieurs fois, le pied dans l'entrebâillement. Elle s'insère sans difficulté dans le canon et actionne le pêne. Il teste la gâche. Bien fixée au bâti. Il ferme la porte et la rouvre aussitôt. Ça fonctionne. Tout de même, il se pourrait qu'en revenant, il n'y arrive plus. Qu'il se retrouve face à la porte verrouillée, à s'acharner sur la serrure, que quelqu'un surgisse, qu'on soupçonne, qu'on l'accuse.

Il respire. Ferme la porte. Et sort dans la rue.

Il a tout de suite la nausée. Au-delà de quelques mètres, son regard tangue. Il s'adosse contre le mur, attend que la terre se raffermisse. La rue est déserte. En face, des cartons à plat jonchent le trottoir en tas désordonnés. Les voisins doivent encore dormir. On entend piailler des oiseaux. Il fait beau, un peu frais. Il redémarre à tâtons et croise son premier passant, une mémé agrippée à son Caddie qui ne relève pas la tête. Arrive une femme au téléphone qui regarde droit devant, cheveux au vent. Deux gamins en skateboard, mollets nus. Il guette les regards. Les gens peuvent-ils deviner ? A-t-il gardé l'odeur ? Il traverse des rues, croise d'autres mioches, des bonnes femmes, des voitures, et, au loin, des gens comme des fourmis. Personne ne fait attention à lui et pourtant il a l'impression d'être le point de mire de tous.

Il accélère jusqu'à se caler sur le rythme des passants, comme s'il savait où aller. Il s'enhardit et, pour vérifier s'il sait encore, sifflote.

Une vague le transporte jusqu'à une rue commerçante. Les étals offerts au regard sont composés au millimètre, des pyramides parfaites sur des brouettes, oranges, tomates, camemberts, quartiers de viande, une débauche de victuailles, c'est si beau qu'on dirait du faux. Quelques femmes font la queue, remplissent leurs paniers, payent, bavardent. Il passe devant les marchandises, rase les murs. C'est un quartier de bourges. Au coin de la rue, il y a un Leader Price. La façade défraîchie et le SDF qui fait la manche le rassurent. Il y aura toujours des fauchés, ici comme ailleurs. Ou bien des radins. Certaines choses ne changent pas.

Dans les rayons, de nouveau le tournis. Des centaines de boîtes, de sachets, de messages impénétrables. Il arpente les allées, hésite, traîne et craint qu'on commence à le regarder de travers. Il se retourne. Personne. Perdre l'habitude de se retourner sans cesse.

Il prend dix boîtes de thon, dix tubes de crème de marrons, cinq paquets de biscottes et se dirige vers la caisse. Une fille passe ses produits sous le scan et les met dans un sac. Elle prend ses billets sans même y jeter un œil, lui rend quelques pièces et lui souhaite une bonne journée. Il s'entend la remercier. Il ressort avec le sentiment d'être un imposteur.

Il repense au conseil de Sybille Loiseau et cherche un coiffeur. Il y en a trois, à moins de cent mètres l'un de l'autre. Il s'arrête au hasard. Derrière la vitrine, les lumières font briller le cuir des fauteuils et se reflètent sur les miroirs. Les coiffeuses vêtues de blanc virevoltent sur leurs cannes longilignes, un ballet de sourires, de poitrines bombées et de dorures. Il est incapable de franchir le seuil. Qu'a-t-elle imaginé, Sybille Loiseau ? Qu'il pourrait entrer dans un de ces salons et demander à ces créatures une coupe bien dégagée au-dessus des oreilles ?

Il retourne au Leader Price, prend une paire de ciseaux à bouts ronds, et des rasoirs. La caissière lui adresse le même sourire mécanique que tout à l'heure. Elle se fout complètement de ce qu'il achète. Que ce soit pour se couper les cheveux ou autre chose. Il est dehors. Il fait ce qu'il veut.

Il passe devant une boulangerie. L'odeur de pain chaud le stoppe net. Un spasme se faufile entre ses os, glisse sous ses aisselles, étreint sa nuque. Il entre, les yeux sur ses chaussures qui couinent sur le carrelage marbré. Les vitrines débordent de rondeurs blondes, il les aperçoit du coin de l'œil, mais il ne peut se résoudre à relever la tête. Derrière le comptoir, une jeune femme s'active et lui donne du monsieur. « Bien cuite, la baguette, monsieur ? » « Bonne journée, monsieur. » À côté d'elle, la patronne veille au grain et sourit comme si elle était la reine d'Angleterre. Il jette un regard pour voir si elles se foutent de sa gueule, mais même pas.

Il rentre vite, dans l'urgence de se retrouver dans sa chambre blanche. Devant chez lui, le portail des voisins est ouvert sur leur pelouse et des bosquets fleuris. C'est encore le foutoir avec leur déménagement. Il leur faut combien de jours pour déballer leur bibeloterie ? On dirait un camp de gitans – des fauteuils, des lampadaires, un buffet abandonné sur les graviers de l'allée. Le mari fume sur un canapé posé dans l'herbe. Les gamins volent comme des mouches. Et elle… Elle se tient sous le porche de leur maison, mains dans les poches, et elle rit, un peu débraillée.

Il passe tête baissée.

La porte de chez lui s'ouvre sans problème.

Il se jette sur la nourriture puis se couche sur le canapé et s'endort immédiatement.

Quand il se réveille, la nuit est déjà tombée. Il reste allongé dans l'obscurité, exténué. Le jour s'en est allé, un jour de plus, un jour de moins. Ça n'a aucune importance. Il a pris l'habitude de vivre sans vivre.

Le seul problème, c'est le silence.

Pas un bruit. Ni en dessous, ni au-dessus. Comme si le monde avait déserté. Comme au mitard, où, malgré vos hurlements, personne ne vous entend et personne ne vient jamais. Après l'avoir tant attendue, il ne sait pas s'il parviendra à aimer la solitude. Dedans comme dehors, il étouffe.

Par la fenêtre, une lumière jaune trace un faisceau oblique qui vient mourir sur le lino. Vit-on, de l'autre côté ? Il se lève et va voir. Dans la maison d'en face, tout est allumé. Ils ont de drôles de fenêtres coulissantes, sans rideaux, quatre au rez-de-chaussée, quatre au premier, et quatre chiens-assis dans l'ardoise, au dernier étage. Ils ne doivent pas être à l'étroit. Il voit la femme passer de pièce en pièce. Elle porte des cartons, range, déballe. Dans une chambre au premier, elle s'attarde avec sa fille. Elles déplacent une table, ici, là. Elles s'enlacent. Il les voit rire. La rue est étroite et avec la lumière, il distingue parfaitement leurs gestes.

Il a faim et se prépare du thon sur des biscottes. Crème de marrons en dessert. Il n'a aucune idée de l'heure – un comble.

Ils lui ont trouvé un boulot de cariste.

Le premier jour, le patron le reçoit dans une cage de verre au fond de l'entrepôt. Son bureau croule sous la paperasse et pue la vinasse. Il se fait appeler Boss. D'emblée, il le sermonne – Sybille Loiseau est passée par là : la réinsertion, le nouveau départ, blabla. Comme Sybille l'a demandé, il se tient à carreau, à tel point qu'à la fin de l'entretien, Boss lui balance, comme à un gamin le jour de la rentrée, eh ben, t'as perdu ta langue ? Il ne sait pas quoi répondre, mais Boss a l'air content, tant mieux, dit-il, j'aime pas les bavards.

Il lui présente Momo, son chef d'équipe, et les quitte en lui envoyant une grosse claque sur l'épaule, allez, bonne chance ! Ils vont finir par lui porter la poisse, ces maniaques de la chance.

Momo est petit, le crâne rasé comme un footballeur. Sur le dessus de sa main gauche est tatoué un insecte, genre scarabée ou cafard. Momo lui montre comment fonctionne un transpalette, puis comme il a l'air de suivre, on passe au chariot élévateur. Le tableau de bord, les leviers de commande, les pédales. Momo explique à la va-vite et oublie de lui montrer le diagramme de charge. C'est le plus important. Il lit les données sans rien demander. Il n'a besoin de personne, et sûrement pas de Momo.

Cariste, c'est un job tranquille. Tu roules, tu charges, tu roules, tu décharges. Ta seule préoccupation est de ne pas te tromper d'allée, ni de camion. C'est à sa portée – ce qui ne semble pas être le cas des autres employés. Écouteurs sur les oreilles, ils conduisent leur chariot au rythme de leur rap comme si c'était des Formule 1. Lui ne met pas son casque anti-bruit. Le cliquetis des fourches métalliques qui embrochent les palettes, le grincement des lattes de bois sous la charge, le coulissement des vérins, les à-coups des embrayages, le caoutchouc contre le béton du sol – tout le régale.

À la fin de sa première journée, il demande à Momo s'il pourrait conduire le même chariot – il a pensé bidouiller un peu le moteur, arranger le siège. Momo le regarde d'un air consterné, comme s'il le décevait déjà. Va pas te faire remarquer avec ce genre de truc à la con, tu sais que des gars comme toi, le Boss n'en prend qu'un à la fois. Si c'est pas toi, ce sera un autre, et toi tu retournes à ta merde. Il n'insiste pas. Dès qu'il l'ouvre, il a tout faux. Ne pas oublier. Il doit se la boucler.

Le matin, il commence à six heures et il termine à treize s'il ne fait pas de pause repas. Il a réglé son réveil digital sur quatre heures trente-deux – les deux minutes, c'est pour le plaisir. Quand il ouvre les yeux, les diodes rouges vibrent dans la nuit, toujours au rendez-vous. Ça ressemble à un miracle. Il entend la voix de son grand-père, la précision, fiston, ça doit devenir ton obsession, ne penser qu'à ça, freiner juste ce qu'il faut la détente du ressort, le temps ne fait pas bon ménage avec la fantaisie. Le deux devient un trois, les diodes s'éteignent et s'allument à mesure que les minutes s'écoulent. Celui qui a réglé le réveil avait-il l'obsession de la précision ?

À quatre heures trente-deux, toutes les lumières sont éteintes en face, sauf une veilleuse dans une chambre au premier dont les ombres bleu et rose tournoient toute la nuit comme un phare. Les voisins ont enfin accroché des voilages à leurs fenêtres biscornues. Ces abrutis ne les ont pas pris assez épais, quand la lumière est allumée, on voit tout. Lorsqu'il quitte le quartier au petit matin pour aller bosser, il n'y a pas un chat dans les rues. Les bourges dorment bien au chaud sous leur couette, monsieur blotti contre madame, la porte des enfants ouverte, au cas où. Le petit matin lui fait penser à Michel et à leur chambre en entresol, avec le soupirail en hauteur et la peinture décollée par l'humidité et les autocollants. Les couvertures trop fines glissaient pendant la nuit, les laissant gelés au matin.

Pour quelle raison y en a-t-il qui dorment plus tranquilles que d'autres ?

Les jours s'enchaînent, une heure puis une autre, comme avant. Quatre heures trente-deux. Métro, Momo, chariot. Au boulot, il y a une cafétéria, une pièce vitrée avec deux tables hautes et un distributeur de boissons chaudes. Ça ne tiendrait qu'à lui, il n'irait pas, mais la pause est obligatoire. Pour faire comme les autres, il glisse vingt centimes dans la fente, appuie sur la touche « Cappuccino » et le gobelet se remplit d'un liquide marron. Les premiers jours, il y en a eu quelques-uns pour faire la conversation, mais ça n'a pas duré. Éviter les emmerdes, ça commence par ne jamais répondre quand on vous cherche. Les collègues boivent leur café en bavardant tandis qu'il se tient un peu en retrait. Aujourd'hui, c'est les fonctionnaires qui occupent les esprits. Encore en grève, c'est un scandale, mais non, t'es qu'une truffe, si on pouvait, on se gênerait pas pour la faire, nous, la grève.

Il se tait et pense à l'été 1973. Aux longs après-midi dans l'usine occupée, à jouer à chat dans les couloirs avec les autres gamins, personne pour leur gueuler dessus, le soir, les étudiants donnaient des concerts dans le réfectoire et on se couchait tard, il pense aux slogans braillés dans les porte-voix, aux banderoles qu'il peignait avec son père pour préparer les manifs, son père qu'il aurait suivi au bout du monde parce que cet été-là, il avait treize ans et on était comme en guerre. Allez les gars, la pause est finie, les souvenirs se dissipent, faut pas mollir sinon le Boss va encore râler. Ils traînent les pieds jusqu'à leurs chariots. Dès que Momo a le dos tourné, ils se chamaillent comme aux autotamponneuses et rigolent, en silence pour ne pas se faire choper. Il y a une bonne ambiance à l'entrepôt.

Vers treize heures trente, il prend le RER et il rentre. Il passe à la boulangerie, parfois au Leader Price. La boulangère est gaie comme un oiseau et s'appelle Paloma. La plupart des clients connaissent son prénom. La boulangère, la caissière, les passants et même le type qui met les produits dans les rayons du supermarché, ils ont tous le sourire aux lèvres. Il erre dans le quartier jusque chez lui. À cette heure-ci, il n'y a pas grand-monde. Quand il est certain de ne pas être observé, il fouille dans les poubelles. On ne sait jamais, on y découvre parfois des trésors. Les gens sont tellement cons.

Puis il regagne sa chambre pleine d'un jour encore long dont il n'a que faire. Il range ses trouvailles sur les étagères, en dessous de ses livres. Aujourd'hui, c'est un grille-pain, ramassé au coin d'une rue. Il adore le pain grillé. Le grille-pain ne demande qu'à revivre, mais il n'a pas même un tournevis. Il pense à ses outils. Peut-être que son sourire l'attend dans ses cartons chez Riton. Il caresse la paroi en plastique, jauni sur le dessus. Deux fentes. Bouton d'éjection. Qu'est-ce qui cloche pour qu'on t'ait jeté à la rue ? Désolé, mon vieux, sans mes outils, je ne peux rien pour toi.

Il fait sa lessive, nettoie la salle de bains, au ralenti. Il compte le nombre de fois où il passe l'éponge sur le mur. Ça tue le temps, compter. Les gestes lents, répertorier ce qui n'a pas besoin de l'être, nettoyer même quand c'est propre, ça occupe lorsque les jours sont englués dans l'immobilité et que l'attente est le seul horizon. Attendre que la vie file, sans s'apercevoir qu'elle s'échappe à toute vitesse et qu'elle emporte tout sur son passage. Puis son corps increvable réclame sa pitance. Le moteur refuse de caler. Une sève s'acharne à circuler entre ses organes. La vie lui colle aux basques – et il a faim, encore et toujours. Il mange ses biscottes au thon et ramasse les miettes du bout des doigts.

Quand il a fini, il attrape son carnet et en relit les mots. Depuis le début, les mots sont ses amis. Enfant, il était bavard – il se souvient du maître d'école s'extasiant auprès de sa mère, votre garçon, il a toujours son mot à dire. Jeune homme, il a été fort en gueule, furibard, incorrigible. Puis il y a eu de la casse et la vie s'est chargée de lui clouer le bec. Mais les mots sont restés de son côté, en silence, à présent qu'il a la bouche cousue. Derrière les murs, il a noté des mots dans son carnet, parce que dans chaque mot brille une lumière. Il feuillette les pages. *Fleur.* Lorsqu'il a écrit *Fleur,* il a vu le champ de colza derrière la maison de Palente, un pétale velouté, échoué sur la table en Formica, il a respiré le bouquet du printemps, puis il s'est roulé dans les pleins et les déliés de l'encre suspendue à la rugosité du papier, il s'est lové dans l'étreinte du *e*, a plongé entre les jambes du *u*, il a regardé jusqu'à ce que les courbes ne veuillent plus parler, qu'elles ne soient plus qu'un enchevêtrement sans voix. Alors il a écrit un nouveau mot pour recommencer le voyage, un mot dans lequel chavirer encore. *Grâce*. Un traître mot, doux comme une promesse et injuste comme les hommes. *Peine*. Le mot le plus triste de son répertoire.

Il range son carnet à côté de ses livres. Il les a trimballés, ses livres, de centres de détention en maisons d'arrêt. Certains lui viennent de son père. À chaque anniversaire, il lui offrait un livre. Il disait, lire, c'est ta liberté. Tu vas leur mettre des idées dans le crâne avec tes âneries, râlait sa mère. Mais Michel et lui adoraient ses âneries. Même en prison, il a continué, un livre par an, cantiné pour son anniversaire. En taule, ceux qui ne lisent pas sont les plus énervés. Il passe la main et caresse les tranches cartonnées. Tous ces mots silencieux, que peuvent-ils pour lui à présent ? La réalité est faite de paroles. Quand on doit se la boucler, comment fait-on pour prendre part ?

De guerre lasse, il met sa chaise devant la fenêtre. Les trottoirs nets, les immeubles alignés, les voitures sagement garées, tout lui indique qu'il n'est pas d'ici et qu'il dérange. Les passants sont rares. La rue est encore en travaux. Quand vers seize heures les ouvriers finissent, ils retirent leurs vêtements de chantier et les rangent dans un Algeco. Parfois, l'un d'eux choure un pantalon et un malheureux doit courir en slip pour le récupérer. Ils se marrent à la bonne blague. La gaieté de ce monde lui échappe totalement.

Malgré lui, ses regards échouent dans la maison d'en face. Il y a toujours quelque chose à observer chez les voisins. Le soir, la lumière jaillit de leurs fenêtres et illumine jusque chez lui. Il y voit assez clair pour préparer ses biscottes au thon sans avoir à allumer. Dans la pénombre de sa chambre, sur sa chaise face à la rue, il avale sa ration en mâchant avec précaution comme s'ils pouvaient l'entendre. Après le thon, il aspire un tube de crème de marrons, sans perdre une goutte du spectacle.

Ils se font livrer sans cesse. De la nourriture par camion réfrigéré, des meubles, quantité de paquets en kraft, à se demander comment la maison peut contenir autant. Ils ont deux filles, blondes comme leur mère – et un chat, noir comme du charbon. L'aînée doit avoir dans les quatorze, quinze ans. Elle porte des mini-jupes et va à l'école en blouson de cuir, ventre à l'air. Elle fume le soir à sa fenêtre. La plus jeune n'a pas dix ans. Elle est boulotte et ne tient pas en place. Elle joue avec une balle rebondissante qu'elle lance contre les murs de sa chambre et parfois renverse une lampe. Elle saute sur son lit. La femme part le matin après tout le monde et ne rentre que vers dix-neuf heures. Quand elle est au téléphone, elle regarde par la fenêtre, le forçant à reculer sa chaise pour ne pas être repéré. Elle entortille une mèche autour de son doigt. Une fois relâchée, la boucle garde la forme d'une spirale. De retour chez elle le soir, elle enfile un genre de survêtement dans une matière soyeuse qui prend la lumière. Elle ne mange pas avec ses filles. Elle les sert, s'assied un peu, se relève, range dans le lave-vaisselle et se prépare un plateau une fois qu'elles sont montées. Le mari porte des costumes et rentre toujours après que les enfants sont couchés. Il gare son Audi noire dans le garage, assez grand pour contenir leurs deux voitures, plus le scooter qu'ils n'ont pas encore utilisé, mais qu'il a aperçu dans le fond – elle a une Fiat bleu ciel, la version revisitée des pots de yaourt de son enfance. Le mari se sert un verre de vin dans la cuisine pendant qu'elle prépare son assiette. Ça fait trois services. Allez comprendre. Puis elle s'assied et le regarde manger. Elle se marre à ce qu'il raconte. Elle se marre à tout bout de champ.

Il mate et les images de leur bonheur domestique viennent se fixer sur sa rétine médusée. Alors, c'est ainsi ? Il est possible d'être heureux *à ce point* ? Il découvre un univers insoupçonnable, un quotidien sans tragédie, gai sans exception, une mère qui rigole quand sa fille s'habille comme une pétasse et que son mari rentre pour se mettre les pieds sous la table. La maison brille comme un joyau. La banalité de leur bonheur fait écho à l'insignifiance de sa détresse. Il n'a droit qu'aux miettes tandis qu'eux accaparent toutes les richesses – mais pour ce genre de délit, on ne va pas en prison.

Quand le spectacle cesse et qu'en face, ils se couchent, il déplie son clic-clac et lui aussi se met au lit. Il fixe le plafond et leurs silhouettes papillonnent encore de fenêtre en fenêtre. Les cheveux blonds se mêlent aux voilages, la brillance ruisselle jusqu'à ses yeux éblouis. Après tant d'années passées dans l'ombre, il est débordé par le flot d'images. Il essaie de se souvenir. Sa vie a-t-elle déjà étincelé comme celle en face ? Oui, avant le conflit, il se souvient d'une légèreté, l'insouciance d'une petite maison sur le bord de la route à Palente, près de Besançon. Le soleil s'infiltre au travers des vitres jaunes de la porte d'entrée, sa mère dans la cuisine appelle pour qu'on vienne à table, elle pose sa cocotte sur le dessous-de-plat en forme de poule, son père arrive en se frottant les mains, miam, ça sent bon, Michel se hisse sur la chaise trop haute pour ses guiboles cagneuses et s'exclame, j'ai faim ! Son père parle sans cesse pendant le repas, il raconte un tas d'histoires fascinantes, leur parle d'un monde meilleur sur le point de survenir, sans classes ; avec les copains ils combattent pour les droits des petites gens comme eux. Il boit les paroles de son père, lui aussi est un combattant, il gonfle son torse pour se faire un peu plus homme, il voudrait l'accompagner à ses meetings, mais sa mère refuse, il n'a pas dix ans. Allez, les garçons, aidez votre mère, débarrassez vos assiettes, les hommes qui maltraitent les femmes sont des cochons !

Il cherche d'autres sensations, mais ses souvenirs se trament de gris. De déception en déception, son enfance est mise à mal par les espoirs brisés, brouillée par l'éloignement et l'amnésie. Les souvenirs piquent comme les cache-nez, blessent comme les lanières rafistolées de son cartable. Après Besançon, il a continué le combat de son père, la lutte pour le monde qu'il désirait tant. Rien n'était plus important à l'époque – s'affranchir des règles, défier les institutions, détester les nantis… Imposture ! L'éclat éphémère de sa jeunesse s'est dissous dans la nuit, la longue nuit qui l'a conduit derrière les murs. Puis ce sont les années de tuyaux poreux, la cour que jamais n'atteint le soleil, les pierres ravinées par les milliers de pas captifs, la bouffe lavasse sur les genoux, le carrelage granito concassé de gris-bleu et de caca d'oie dont il a fini par connaître le moindre motif. Plus rien ne brille pour lui, depuis longtemps.

Il ferme ses yeux éreintés. Il appartient à un monde sans lumière, mais il est dehors. Il ferait mieux de ne pas rêver aux étoiles. À trop regarder la maison luminescente, ses pupilles vont finir par s'embraser.

Il arrive au garage sur les nerfs. L'expédition l'a épuisé. L'enseigne n'est plus la même – c'est bien la seule chose qui ait changé, à part ça, c'est toujours la même crasse. Riton n'a jamais su tenir son affaire.

Dans la cour, il y a un gars penché sur un capot. Il demande après Riton. Plus de Riton, répond le type, la tête dans le moteur, avec un accent qui lui tord les tripes. Il essaie de le faire parler de nouveau, mais le gars n'est pas causant. Pour l'amadouer, il lui dit qu'il connaît Riton depuis l'école, à Besançon. Il a prononcé le mot magique. Le type tourne la tête et le dévisage.

Lui aussi est bisontin, dit-il. On s'en serait douté. Un vague cousin de Riton. Il a repris le garage quand Riton est tombé, il y a quatre ans, pour trafic de voitures. Ils se racontent deux, trois trucs puis restent plantés devant la gueule de la bagnole.

Il lui parle de ses cartons, qu'il a rangés dans la remise il y a huit ans. Le gars n'est au courant de rien. De la tête, il lui fait signe d'aller voir.

Ils n'ont pas bougé d'un pouce, sur une étagère en hauteur. Cinq cartons bouffés par l'humidité, qui contiennent ce qu'il a voulu garder de sa vie d'avant. Il fait un tri et ne prend que le nécessaire – la loupe binoculaire, le coffret de tournevis, les brucelles, les marteaux, les équarrissoirs. Une petite presse, une pince plate. C'est un crève-cœur de laisser le reste. Il reviendra.

Dans le RER, il palpe ses outils à travers la toile du sac. Ses mains reconnaissent les tiges, les boîtiers. La loupe lui vient de son grand-père. Il avait un atelier en centre-ville, rue de Lorraine, qu'il avait repris à son propre père. La double porte était toujours ouverte, qu'il pleuve ou qu'il gèle, ça attire le chaland, disait-il. À l'entrée, sur la gauche, il y avait un espace pour la vente. Le mur était couvert de pendules et, sur les rayonnages poussiéreux, des pendulettes et des montres-bracelets par dizaines. Les plus précieuses étaient rangées dans une vitrine dont il gardait les clés autour du cou. Puis, à droite, on pénétrait dans l'atelier – même si le tout formait une unique pièce, il faisait la différence et disait, la boutique, mon atelier. Son établi tournait le dos à la lumière et, dans le foutoir de ses outils, il savait retrouver la plus petite des vis. Sur le côté, il conservait ses automates et boîtes à musique, des mièvreries dont certaines fonctionnaient à la pédale et qui l'enchantaient. Il ne faut pas toucher, marmonnait-il dès qu'on approchait. Sa barbe hérissée comme du barbelé leur faisait tellement peur que ni Michel ni lui n'auraient osé. Leur grand-père était un maître horloger complet – pas un simple rhabilleur. Il maîtrisait tous les mécanismes, tous les gestes. Il avait de l'or dans les mains, disait-on. Toi aussi, tu as ce don, chuchotait-il en lui montrant comment faire. Il avait six, sept ans et devait s'asseoir sur deux bottins pour le voir travailler sous la lampe articulée, voûté sur l'établi, ses yeux avalés par les loupes. Il manipulait les cadrans, les roues, ses clés avec la minutie d'une dentellière. Qui sait regarder maîtrise le monde, disait son grand-père. Utilise tes yeux, fiston, et pour ce que tes yeux ne peuvent pas voir, sers-toi de tes doigts. Apprends à regarder, chaque pièce, même la plus petite, et tu pourras créer l'éternité.

Les stations se succèdent. Des gens montent dans la rame, s'assoient, se lèvent, s'en vont. Il y en a qui discutent, d'autres qui rêvassent, certains semblent inquiets, quelques-uns ont l'air heureux. Il serre son sac contre lui. Personne ne regarde personne. À La Défense, il y a du mouvement, on se bouscule, ça râle et, surgissant de la foule, au beau milieu du désordre d'épaules et de chevelures, il la voit qui s'approche et vient s'asseoir en face de lui. Sa bouche s'assèche. Est-il certain ? Oui, pas d'hésitation, c'est elle, la blondeur ne trompe pas. C'est la femme qu'il mate le soir et qui se marre sans relâche. Les yeux flous, elle fixe le vide au-dessus de lui. Il détourne la tête, pris d'angoisse. Contre son palais, sa langue a enflé. Il connaît ça, la frayeur irraisonnée, les muqueuses gorgées de stress dans une cavité soudain aride. Elle est si proche. À une étendue de bras. Avec ses outils en plus. Va-t-elle le reconnaître, l'aborder ? Devra-t-il répondre ? Nous sommes voisins, je crois. Vous rentrez chez vous ? Venez donc prendre un café, puisque vous semblez si curieux de notre existence… C'est sans doute ça, la vie. On croise un voisin dans le RER, on échange quelques mots anodins. On se fait confiance, sans rien savoir les uns des autres, on s'invite. On fait connaissance. C'est comme un jeu, sauf que lui ne sait plus jouer. Il voudrait s'échapper, descendre au prochain arrêt, mais ça pourrait attirer l'attention. Il se sent à la merci du moindre faux pas. Coupable avant même d'avoir fauté.

Dans la vitre, il surprend le reflet de la femme. Elle a fermé les yeux et sa tête ballotte dans la vibration de la rame. Elle garde les yeux clos quand le train s'arrête à la station suivante. Peut-être s'est-elle endormie. Il jette un œil autour de lui. Il y a plein de gens dans ce train. Il est un homme anonyme, face à une femme anonyme. Il ne fait rien de mal. Il mate. Ça n'est pas interdit. Ce n'est pas une connerie. Allez, regarde !

Elle a glissé son sac sur le sol, entre ses pieds. Ses mains sont croisées sur ses genoux, elle porte des bagues précieuses – elle n'est pas méfiante. Ses ongles sont peints, de la même teinte que son manteau à gros boutons dorés, un rose pétard, de gamine. Les manches un peu remontées laissent apparaître les os saillants de ses poignets. Il lève les yeux jusqu'à son cou serti dans le col rose, la peau sur les tendons, la bouche dessinée de rouge, les joues potelées malgré la maigreur, la bordure de cils, les cheveux nains sur le front. Un tableau si délicat qu'on le dirait dessiné à la plume. Elle est plus petite que ce qu'il imaginait, et, sur son visage, transparaît une fragilité qu'il n'avait pas soupçonnée. Posée là sur la banquette, ballottée par le roulis, on dirait une poupée rouge et rose, un jouet minuscule.

Quand le train arrive à destination, elle se lève d'un trait et descend en bousculant les voyageurs. Il la voit cavaler sur le quai, sa fatigue évanouie. Elle disparaît, le manteau rose et la couette blonde avalés par les escaliers. Il regarde autour de lui. Personne n'a rien remarqué. Le train repart. Il a raté sa station.

À son tour, il ferme les yeux et laisse aller sa tête au rythme des secousses. Elle ne l'a pas invité. Elle ne l'a même pas remarqué. Évidemment. Comment peut-il espérer être reconnu ? Il est sans visage, gris à se fondre avec le décor. Il peut la mater sans craindre d'être vu, il est invisible. Il peine à déglutir, sa langue ne désenfle pas. Il mordille l'intérieur de sa joue, un cuir gondolé tant la chair a été mâchée, et serre les molaires jusqu'à l'entailler. Le goût ferreux jaillit dans sa bouche et soulage le malaise. L'angoisse se dissipe peu à peu.

Il fait le trajet dans l'autre sens et descend à sa station. Comme elle, il marche sur le quai, prend les escaliers, remonte vers sa rue. Chaque grain de macadam est constellé de la blondeur semée. À l'aveuglette, il avance dans le sillage des effluves dorés, contre le vent. Le sang a laissé sur sa langue une saveur amère. Il va essayer de toutes ses forces. Pas de conneries. Il est vraiment décidé, il a promis, au juge, à Sybille Loiseau, à lui-même. Il ne veut pas y retourner. Mais il n'était pas prévu qu'on vienne lui jeter à la gueule des paillettes plus urticantes qu'un pollen de printemps.

C'est à la boulangerie qu'il entend parler pour la première fois du souterrain.

Ce n'est pas une boulangerie comme les autres. Ici, on se parle, on prend des nouvelles, on se dit à demain. Paloma la boulangère a toujours un mot gentil, même si dix personnes attendent, elle se donne la peine de glisser une phrase pour la mamie, pour le chien, pour le temps qu'il fait. Elle sourit sans cesse, même quand elle tranche les pains, sans prendre garde à la trancheuse, mais elle ne se coupe jamais.

Il y a foule aujourd'hui. On discute de la découverte que des ouvriers viennent de faire dans sa rue. Ils rénovent encore des entrepôts pour les transformer en maisons de bourges et, en excavant des blocs de béton, ils ont mis au jour des galeries qui filent dans le sous-sol.

« Ça date d'avant-guerre. Dans le temps, tous les bâtiments de la rue étaient reliés entre eux par un souterrain. On pouvait circuler sous terre dans tout le quartier. »

« Les immeubles reliés entre eux par un souterrain ? J'habite la municipalité depuis cinquante-trois ans et je n'ai jamais entendu parler de ça. »

Il commence à reconnaître quelques détails ici ou là, l'imprimé d'une veste, ce chien frisé, l'intonation d'une voix, mais il ne peut pas fixer son attention. C'est comme une caméra mal réglée, les contours restent flous.

« Il paraît qu'il y a des regards dans certaines caves. »

« Des regards ? »

« Comme des bouches d'égout. Des ouvertures qui permettent d'aller de maison en maison, par les caves, par le souterrain. »

« Foutaises ! C'est juste le réseau des eaux. »

« Excusez-moi, mais il y a les bistrots pour ceux qui n'ont rien à faire de leur journée ! »

Paloma s'active. Elle lui tend sa demi-baguette sans qu'il ait besoin de demander. C'est un habitué maintenant. Elle plaisante.

« Le premier qui trouve le souterrain aura droit à un croissant gratuit ! »

Il n'est pas certain, mais il semble l'avoir vue cligner de l'œil. En rentrant chez lui, il passe devant le chantier. Les ouvriers sont assis sur le trottoir, désœuvrés. Deux types en costume et casque sur la tête se disputent, plans à la main. Il croise le regard morne d'un ouvrier. Sale journée.

Il se fait un sandwich et déjeune debout, face à la fenêtre. À cette heure-ci, la maison est vide. Les parents travaillent. Les filles sont à l'école et la femme de ménage n'est pas encore arrivée. Une fenêtre est restée ouverte au premier. C'est la chambre de la petite. Avec le vent et la pluie, ça risque de mouiller la moquette, mais ils s'en foutent. Si elle est abîmée, ils en changeront. Il termine son sandwich en peinant – il a ajouté au thon la fantaisie d'une tranche de jambon. L'effort de mastication lui tourne la tête – ou bien est-il groggy des nouvelles du jour. La boulangère lui a fait de l'œil. Il existe un souterrain qui relie les immeubles entre eux. Le premier qui trouve le souterrain aura droit à un croissant gratuit – à bon entendeur, salut. Qui cela peut-il intéresser, à part lui ? Aller de maison en maison. Passer par les regards des caves. Se balader en sous-sol, explorer le labyrinthe, vivre comme un rat, invisible pour de bon, dans les dessous de la ville, à l'écart des *hommes normaux*, sans jour ni nuit, ni dehors ni dedans. Une sorte de limbes, pour un homme pas vraiment vivant, ni tout à fait mort non plus. Pour un *homme malade*.

Il ne faut pas y penser. Encore une connerie. Ce genre de balades a de quoi faire tourner la conditionnelle au désastre.

Il s'arrache de la fenêtre et rassemble sur la table son butin – les bricoles qu'il a ramassées dans les poubelles ou à l'entrepôt, mises au rebut par des ignares, et ses outils. De bons outils, ça vous change un artisan en artiste. Merci, Pépé. Il y va sans se presser, mais ses mains s'agitent malgré lui. C'est dans son sang. Autrefois, il savait ajuster des pièces qu'on distingue à peine et naviguer dans les complications d'une montre où des centaines d'éléments fonctionnent à l'unisson. Sous ses doigts, le métal s'animait. Il était bâtisseur de temps. Il contemple ses mains vieillies. Ses articulations se sont épaissies. Il tremble. Le temps est devenu son ennemi. Il ne mérite rien d'autre que des mécanismes grossiers. Il opte pour une pendulette rouillée, dont il va juste brosser et lubrifier les roues grippées. Il a retrouvé de l'huile de baleine dans un carton, sa préférée, la Jurassienne.

Quand son grand-père n'avait plus été capable de se lever, les mains soudées aux accoudoirs de son fauteuil, son père avait prévenu, pas question de prendre la suite à l'atelier. Les temps changent, avait-il dit. Fini la mécanique, vive l'électronique. Les temps changent, c'est ce qu'ils disaient tous, les Bisontins de la génération de son père. Accoudés en délégation, à l'Auberge comtoise ou au Bar de l'U, près de chez eux, à Palente, ils discutaient à s'user la salive, persuadés qu'être des Lip les rendait supérieurs aux anciens. Ils avaient tous le même visage, le regard vieilli par les années de loupe binoculaire, l'haleine enflammée par les Picon bière et les Gitanes maïs. Ils étaient des Lip. Dans leur bouche, ça sonnait comme une sanctification. Ils invoquaient certains mots comme des incantations, « camarades », « comités », « commissions », et le sacro-saint « lutte » – qu'ils prononçaient *luuuuute* pour rehausser encore la portée de leur combat. Les temps changent, répétait-il au grand-père qui bavait sur son pull. Tu vas voir, c'en est fini de se faire enfumer. Pas question de se laisser dégager. On va prendre le pouvoir, prévenait-il. Plus besoin de patrons. On commence par baisser les cadences et ça se termine sans Dieu ni maître. Quelque chose s'était déglingué à cette époque. Son grand-père mourait à petit feu, Michel pleurnichait sans cesse, effrayé par les éclats de voix de leur père, sa mère claquait les portes. À mesure que le conflit se durcissait, son père déraisonnait un peu plus. À table, on ne pouvait plus en placer une. Il braillait. Les enfants, ce soir, on va reprendre ce qui nous appartient ! Il quittait la maison sans même avoir terminé son dessert.

Il bricole, et les souvenirs de cet été maudit le consument. Il y avait cru, aux temps modernes et à ces conneries de liberté. Comme son père, il avait espéré venir à bout des bourges et des enfoirés de patrons. Mais le conflit avait tourné vinaigre. Son grand-père n'avait pas supporté de savoir son atelier transformé en agence bancaire et, au cœur de l'hiver 1974, quelques mois après le conflit, il s'était éteint dans son lit, alors que son père s'enfonçait dans son délire, se fâchant contre les copains de Lip parce qu'ils avaient baissé les bras. Et lui, il n'avait pas été capable d'entendre, quand, la veille du drame, son père lui avait chuchoté, des braises dans les yeux, prends la relève, mon fils, lutte jusqu'à ton dernier souffle, moi, je ne tiens plus le coup, mon temps est écoulé, mais toi, tu es jeune, tu as de l'imagination, invente un nouveau monde, ne compte que sur toi et ne laisse jamais personne s'enrichir sur ton dos, eux, les bien-nés, les bourgeois, ils ne lèveront jamais le petit doigt pour toi…

De la merde. Des cinglés. Des illuminés. Il brosse le métal dévoré par la rouille, si fort que les pièces s'émiettent entre ses doigts. Il brosse et prend sa revanche sur l'aveuglement de son père – et sur le sien –, sur les combats perdus d'avance qui anéantissent les soldats sans rien changer à l'ordre des choses. Il venge son grand-père, le père de son grand-père et tous les horlogers oubliés, les Bisontins jetés aux orties, les hommes qu'on proclame du jour au lendemain sans valeur. Il brosse pour venir à bout de sa culpabilité parce qu'il n'a pas su empêcher la folie ultime de son père, la corde passée autour de la poutre du salon, ce jour de juin 1979 dans la petite maison au bord de la route, là où l'enfance a pris fin pour de bon. Il brosse jusqu'à se faire saigner – et il suce ses doigts.

La tartine tombe toujours du côté beurré, disait sa mère. Il avait cru pouvoir échapper à la prophétie en prenant la fuite à vingt ans, le lendemain de l'accident de Michel. Échapper au regard de sa mère, à la sidération, à la demande abyssale qu'il y avait lue. On m'a retiré mon mari, maintenant mon fils, je n'ai plus que toi, vas-tu toi aussi faillir à tes promesses ? Il avait quitté Besançon, sans explication – quoi dire ? elle n'aurait pas compris l'importance de sa mission. Son père lui avait laissé son combat en héritage. Il devait continuer la lutte. Il avait son imagination, c'était sa chance, lui avait dit son père. Il s'en sortirait loin de Besançon, loin de l'école d'horlogerie, de l'usine, du chômage. Il ne terminerait pas comme son père, à se balancer au milieu du salon, ou comme Michel, dans l'aube fumante, la tête encastrée sur le volant et trois grammes d'alcool dans le sang. Il avait essayé de s'inventer un autre destin grâce à l'imagination, mais sa tartine, après avoir pirouetté dans les airs, avait fini par retomber, comme celle de son père, comme celle de Michel, du côté beurré.

Quand il termine le nettoyage de la pendulette, il fait nuit depuis longtemps. Il a faim. Ses yeux brûlent. Le tic-tac ressuscité le ravit en même temps qu'il l'exaspère. Il n'a rien perdu de son agilité. À quoi bon ? Les horlogers sont devenus inutiles – ce qui ne sert à rien ne vaut rien. Dehors, la rue est noire. Il a manqué la soirée des voisins. Le rez-de-chaussée est plongé dans l'obscurité. Au premier, la veilleuse de la petite jette ses éclats pastel. Une faible lumière filtre derrière les voilages au deuxième, dans la chambre des parents. Lui doit lire le journal, elle s'est peut-être endormie, lassée de l'attendre. Il mate, mais il n'y a rien à voir. Rien qu'une maison où des bourges se moquent de sa misère et où une femme indolente répand sa blondeur sans se préoccuper de qui elle éclabousse au passage. Tout ce que son père haïssait et contre lequel il devrait reprendre le combat.

C'est insupportable. Il attrape la pendulette et la balance contre le mur. Le verre explose, le boîtier rebondit et s'éclate sur le sol. Il piétine la mécanique éventrée, roues dentées, engrenages, pignons, il shoote dans le tas et, en quelques secondes, la pendulette a disparu de la surface du globe. Faites tous chier. Les horlogers, les voisins, les grands-pères, les bien-pensants. Vos règles ne sont pas faites pour moi. Le temps passe, mais rien ne change. Je vous salue, blabla, tsoin-tsoin, tu parles ! Celui qui distribue les destinées est un beau trou-du-cul.

« Des cachets ? Pour quoi faire ? »

Elle en a de bonnes. Un taulard qui a gobé des cachetons tous les soirs pendant huit ans, et même la journée quand ça gueulait trop fort, pourquoi réclame-t-il des cachets ?

« Tu ne dis rien, tu ne me parles pas. Je ne peux pas faire mon job dans ces conditions. Je suis là pour t'aider. C'est compliqué, la réinsertion, c'est pour ça qu'il y a des gens comme moi. Tu dois me faire confiance. »

Il voudrait bien parler, mais pour dire quoi ? Que la vie n'a pas plus de saveur à l'air libre que derrière les murs ? Qu'il a perdu la recette et qu'il ne sait plus sourire ? Qu'il voudrait changer de crèmerie parce que sa voisine est trop blonde et qu'elle se marre tout le temps ? Il n'a pas d'autre solution que de fermer sa gueule.

De l'autre côté de la table, Sybille Loiseau se tortille sur la chaise. Elle porte un pull jaune canari qui laisse entrevoir un soutien-gorge noir. Ça fait des rayures de guêpe, un battement stroboscopique dans son œil.

« C'est normal d'avoir du mal à dormir. Après toutes ces années, il faut te réacclimater. Mais la vraie vie, c'est maintenant. C'est fini de t'abrutir avec des somnifères. Tu n'es pas crevé le soir, après ton boulot ? »

Elle a posé ses mains sur la table. Il guette le moment où elle va les bouger, pour voir si la moiteur aura souillé le mélaminé. Il va devoir nettoyer après son passage.

« Les cauchemars, c'est classique. Quand on sort d'une longue peine, on est souvent envahi par les souvenirs, comme si, pendant la détention, ta mémoire s'était stockée quelque part et débarquait d'un coup, une fois dehors. »

Elle a réponse à tout. Elle sait tout mieux que lui. Comme si c'était elle qui s'était tapé la taule. Il se demande si elle est mariée, si elle a des enfants. Si, comme l'autre bourge, elle se marre tout le temps, ou si, au contraire, c'est pas la joie pour elle.

« Le danger, c'est la solitude. Tu sais que c'est le point noir de ton dossier. C'est pour ça que tu as attendu si longtemps la conditionnelle. Les juges n'apprécient pas qu'à la sortie, il n'y ait pas de famille, pas d'ami. On devient fou, à rester seul. Il faut te socialiser. »

Sur ce coup, tu te fourres le doigt dans l'œil, Sybille Loiseau. Personne à la sortie, c'est un privilège. Pas de femme, pas d'enfant ou de parent à qui prouver qu'on est toujours un homme. Quand on a déjà été oublié, la sortie est une simple formalité.

« Tu fais quoi de tes journées, quand tu as fini de bosser ? »

Il ne va quand même pas lui raconter les poubelles, l'éponge sur les murs, les mots dans le carnet, la chaise devant la fenêtre, la désillusion, le découragement, l'abattement. La sensation d'être devenu totalement inapte.

« Tu pourrais rendre visite à ta mère, à Besançon. Elle sait que tu es sorti. »

Elle connaît tout de sa vie, la salope.

« Elle est seule, elle n'a plus que toi. Tu es parti depuis si longtemps. Pourquoi ne retournes-tu pas à Besançon ? Tu as la chance de pouvoir te déplacer librement, de ne pas être interdit de résidence, alors profites-en, voyage, va voir du pays. »

Son image, sac au dos, cheminant le long d'une route asphaltée, lui vient à l'esprit. Derrière, trottine Sybille Loiseau, tenue en laisse par le cou. Elle trébuche sur les caillasses et lui, il tire sur la longe parce qu'elle les ralentit.

« Pour les cachets, je ne sais pas, il faut que j'en parle au juge. Je dois faire gaffe. Si tu faisais une bêtise… Je ne sais pas ce que tu as dans le crâne. »

Elle a sorti son dossier et le feuillette. Sa respiration siffle, elle doit être asthmatique. Ses doigts boudinés tournent les pages.

« Je vois que tu as commencé un CAP d'horlogerie à Besançon, dommage que tu ne l'aies pas terminé en prison. C'est toujours bon d'avoir un diplôme sur un CV, même si tu n'as pas d'expérience. Tu veux que je te demande une formation ? Il reste du budget sur cette année. »

Une formation ? Et quoi encore ? Elle croit vraiment qu'on peut lui en apprendre sur la question ? Attention. Ça peut le mettre à cran, cette histoire de formation à la con. Comme s'il était un jeunot. Il baisse les yeux et se lance intérieurement dans le démontage d'une montre. Un mécanisme simple, qu'il va maîtriser en quelques gestes, histoire de lui montrer de quoi il est capable. Il opte pour un fond clippé. Top chrono, c'est parti. Où est l'encoche ? Là, entre les pattes d'attache du bracelet. Il fait levier avec un tournevis. Clac. C'est ouvert. La montre découvre son ventre. Joli mouvement, bon état, pas de rouille. Évidemment, retirer le remontoir avant de sortir le mouvement. La vis de tirette ? À côté de la tige de remontoir, comme toujours, c'est la plus petite vis apparente. Il dévisse deux tours, pas plus, et appuie, la vis s'enfonce, trop facile, il tire sur le remontoir qui vient sans effort. Voyons voir ce boîtier, ne pas rayer le métal…

« Hé ho, tu dors ou quoi ? Je vais pas répéter dix fois les mêmes trucs ! »

Sybille Loiseau a enfilé son manteau et le regarde de son air de piaf. La pièce est saturée du son de sa voix, elle a dû piailler longtemps. Il se lève d'un bond et, dans son empressement, bouscule la table, renverse la chaise et elle a ce mouvement de recul qu'il connaît bien. Il lui a fait peur.

« Tout doux, mon gars. Je vais être obligée de mentionner ton comportement dans mon rapport, le fait que tu ne parles pas, ta nervosité. Je n'ai rien contre toi, j'essaie de faire mon travail. Si tu ne veux pas coopérer, c'est ton problème, à la fin. Mais t'as intérêt à faire gaffe. »

Allez. Bouge-toi. Le canari va s'envoler et te laisser dans ta merde. Fais quelque chose de correct, de civilisé, montre-lui que tu sais te tenir, que tu reprends du poil de la bête, que tu n'es pas sorti pour replonger.

« Je reviens dans une semaine, mais attention, je t'ai à l'œil. La belle vie, ce sera quand la conditionnelle sera terminée. D'ici là, profil bas. »

Il reste debout après son départ. Il se sent comme le boîtier de la montre, une coquille vidée de sa substance. Pour contenir sa main qui tremble, il ouvre et referme ses doigts dans le vide. Puis il attrape son carnet et d'une écriture vacillante trace le mot du jour. *Canari*. Ça le calme un peu. Il virevolte un instant entre les lianes et les palmes vernissées d'un cocotier, ses plumes jaunes vibrionnent dans la touffeur exotique des pistils safranés, mais un plafond de verre entrave son envol, il se cogne et chute sur le flan, poussin broyé, piou piou, il agonise. On ne fait pas d'omelette sans casser des œufs.

L'observation vire à l'obsession. Soir après soir, il mate. La maison d'en face hante son esprit. Chacune de leurs fenêtres est une vignette dans laquelle serpente, au rythme des apparitions et disparitions, un microcosme muet et fascinant. Son regard en perpétuel mouvement s'introduit, s'acharne, dissèque le va-et-vient. Il dévore les images. Rien ne lui échappe. Du haut de sa tour d'où personne ne le voit, il surveille et infiltre leurs secrets. C'est lui le maton à présent. Les prisonniers sont enfermés en face, dans leur cellule baignée de lumière. Il est aux manettes. Il se rince l'œil, gratis.

Il s'enrichit chaque soir un peu plus et, pour ne rien perdre de son magot, il consigne dans son carnet. Heure de départ. Heure de retour. Tenue vestimentaire. Heure du coucher. Faits marquants – nombre de cigarettes fumées sur le perron, la femme de ménage a fait les carreaux, elle a allumé une bougie, ils ont sorti les vélos. Puis il fait des rapprochements, des statistiques. Le jeudi, elle rentre tard.

Les filles ont cours de piano le lundi. Le samedi matin vient une prof de gym, avec un matériel comme pour l'armée, elle reste deux heures et repart peu avant midi. Sur une moyenne des deux dernières semaines, le mari est rentré du travail à vingt et une heures dix-sept. Quand il a épuisé les données et qu'il n'y a plus de jus à extraire, il écrit au hasard, mais les mots arrivent en furie et ne l'apaisent plus. Il écrit *Embaumer*. C'est un joli mot qui fait penser aux cheveux blonds, mais ça ne fonctionne pas. Comme si les mots avaient perdu leur pouvoir.

La femme est l'objet principal de sa boulimie optique et l'obsession tourne à l'exaspération. Il se hérisse de tout. Sa bonne humeur inaltérable. Ses vêtements élégants dont elle n'attend sûrement pas qu'ils soient usés pour en changer. Son chat de sorcière qu'elle câline comme un bébé. Sa voiture bleu ciel. Son mari qui prend soin d'elle, sans doute lui fait-il des cadeaux chers et pas que pour son anniversaire. Le rythme qu'il imagine intangible, l'amour consommé une fois par semaine, le week-end de préférence parce qu'il est détendu, pas de problème d'érection, il jouit gentiment en elle, sans faire de bruit pour les enfants. Aisance. Insouciance. Jouissance. Des mots qui lui sont interdits. Traverser l'existence comme une fête, année après année, une vie sans heurt, une envolée de fleurs et de cascades joyeuses, et le jour venu, dans son lit entourée de dizaines d'enfants et petits-enfants, vieille, mais comblée et encore belle, elle mourra en remerciant Dieu.

Soir après soir, l'exaspération devient addiction. Il ne peut plus s'arrêter, et ce qu'il ne peut pas voir le met hors de lui. Il ne supporte pas les angles morts, l'absence, la perte. La distance implacable entre les deux façades, les murs qui arrêtent son regard, la lumière qui s'éteint. C'est intolérable. Il piège à vue, mais il est piégé. Et il exècre sa condition minable de voyeur, sa solitude irréductible, son pouvoir qui n'est qu'un leurre, la magnificence dont il est le témoin insignifiant.

Quand ses yeux brûlent d'avoir maté sans ciller, il se couche, mais le sommeil rechigne à venir. Les pensées stériles tournent en rond comme un fauve en cage. Et maintenant, quoi ? Il est toujours dans un placard à balais et comme avant, ce sont les autres qui ont la belle vie. Même libéré, il n'est pas sorti de prison. Il est sorti avec la prison dans la tête, sous la peau. Le numéro de Sécu a remplacé le numéro d'écrou, matricule 2310T, cellule 1402, bâtiment A. Le jour qui se lève, le travail pour payer son loyer, la bouffe qu'il achète avec l'illusion du choix, c'est du pareil au même. Rien n'a changé, rien ne changera jamais.

Combien de temps lui faudrait-il pour tout détruire, maculer la blancheur, exploser le lavabo à coups de poing ?

Combien de temps avant de descendre sous terre, rendre une visite de bon voisinage à ses amis les bourges ?

Il se couche et allume la radio – un petit poste que lui a donné Momo. Il règle au hasard. Des voix surexcitées fusent, adolescentes, un auditeur au téléphone, des rires hystériques, le récit d'une anecdote sexuelle, quelques jurons, et les rires encore. En dernier recours, sa main cherche son sexe, s'active sous les draps en quête d'une sensation. Rien. Sa chair ne lui appartient plus depuis longtemps. Il manque une connexion. Il met ses mains sur ses paupières, appuie de toutes ses forces, à faire jaillir les larmes, mais elles se refusent à lui – comme son sperme. Quand il rouvre les yeux, les nuages bleus et roses nimbent sa chambre d'une lueur suffocante.

Il est allongé et essaie d'étouffer les bruits de la nuit en écrasant son oreiller contre sa tête, mais les sons lui parviennent décuplés – ça vient de la cour. Les surveillants jouent à la pétanque. Les boules s'entrechoquent dans un tonnerre de fer, un chien aboie sur les rires graveleux. Il voudrait dormir, mais tout le monde s'en fiche. Le lit grince. Le codétenu sur la couchette au-dessus gémit, malgré l'oreiller il entend sa peau frotter contre les draps. Un simple soupir peut mettre le feu à sa colère et la rage monte, monte, c'est si violent qu'il pourrait se lever d'un jet et tabasser l'homme endormi, briser les mâchoires, le poing dur comme une pierre sur les joues relâchées. Il mord l'oreiller pour contenir sa haine, son cœur s'affole de ne pas se souvenir, combien de nuits déjà, combien de nuits encore, les condamnations à répétition, les prétoires – que lui reproche-t-on, au juste ? Derrière la porte bat un cliquetis de clés. Il voit à travers les murs la cuisse sanglée de bleu contre laquelle frappe l'énorme trousseau au rythme des pas qui surveillent. Le pas cesse devant sa porte. Il entend le déclic de l'œilleton. Un flash de lumière pénètre la cellule et brûle ses yeux malgré ses bras en croix sur son visage. On le regarde. Un cri déchire le rêve, un cauchemar dans une autre cellule. Sa blessure s'ajoute à toutes les autres.

Il se réveille en sueur. Il allume la lampe de chevet et la lumière éclate dans sa blancheur. Ses oreilles bourdonnent des hurlements du rêve. Il est seul dans sa chambre, une cellule dans son genre, et il écoute la nuit, le silence impénétrable qui l'étouffe autant que la promiscuité. Il attrape son oreiller et y enfouit sa tête, comme dans le rêve. Il cogne le mur avec son poing. L'écho du choc lui revient, assourdi comme s'il montait des soubassements de l'immeuble. Il retire son tee-shirt, son caleçon, à court d'oxygène. Ici ou ailleurs, il est enfermé dans sa propre carcasse.

Il se lève et de nouveau tourne en rond du pas furieux du fauve. Il n'existe plus pour personne. Il n'a pas d'horizon. Il va en crever ce soir, s'il ne fait pas quelque chose.

Soudain, il cède. Comment a-t-il pu hésiter ? Pourquoi vouloir résister ? Les signes ne pouvaient pas être plus clairs. On l'attend là-bas. Il attrape le sac de toile, y jette des outils. Enfile un jean, un pull, son blouson, se prépare comme pour un combat – et descend les escaliers en silence. Dans la courette à l'arrière de l'immeuble, la nuit est d'encre. Une seule porte, sous une marquise rouillée, verrouillée. Trois minutes suffisent et il a raison de la serrure. La porte s'ouvre en déchirant des toiles d'araignée épaisses comme du coton. Il allume sa lampe frontale et éclaire l'escalier. Ça descend raide. Son sac calé dans le dos, il s'engouffre dans l'antre noir.

Il passe devant les caves dans le sous-sol de son immeuble. Elles n'ont pas été rénovées, la réhabilitation s'est arrêtée à ce qui est visible. Ça sent le moisi à plein nez, ça pue le quartier disciplinaire, les centrales pourries sur lesquelles on ferme les yeux. Pas de problème, ce soir, c'est lui le gradé. Il avance à grands pas, un géant, invulnérable.

Il se met en quête. Sur les murs. Sous la terre battue. Une plaque. Une grille. Une gueule de fauve. Il retourne la poussière avec ses godillots, cherche l'entrée du souterrain, ne trouve pas, mais il est méthodique, sous contrôle.

Le couloir se termine par un cul-de-sac. Une ampoule pend au plafond. Il y a un interrupteur sur le mur. Miracle, ça fonctionne. L'ampoule jette une lueur tremblotante sur le renfoncement arrondi comme une nef. Il étudie le sol, les murs et, d'un coup, l'ouverture est là. Un simple trou creusé dans l'angle, entre le sol et la paroi, à même la pierre, sans trappe de protection. Il distingue un escalier d'égout, avec des barreaux métalliques qui s'enfoncent dans le noir. Il a trouvé le souterrain. Qui relie toutes les maisons entre elles. Même pas dissimulé, à la portée du premier promeneur.

Il s'assied sur la terre et observe la béance. Sa tête dodeline. Il est épuisé. Descendre maintenant ?

Attendre ? S'allonger sur le sol et dormir un peu ? Faire un simple repérage ?

Oui. Un petit tour, juste pour voir où est le regard de la maison d'en face. Pour voir qui a le pouvoir sur qui.

Il contorsionne son corps, cale ses pieds et commence la descente. Treize barreaux et il se trouve dans une galerie ronde et étroite, un tube digestif qui court sur sa droite et sa gauche. Une hélice tourne lentement dans le vide. L'eau suinte sur la pierre. Il ajuste sa lampe frontale et éclaire d'une lueur jaune des dizaines d'escaliers qui remontent de part en part vers les caves des maisons. Un cachot et partout des échappatoires. Il ne s'est pas trompé. Cette moiteur. Cette voûte, où l'on tient à peine debout. Cet éclat louche. Il est chez lui. Il est l'homme du souterrain.

Il marche et compte, pas plus de vingt, vingt-cinq pas. Il a une boussole mentale – indispensable quand, à l'isolement, on veut imaginer le soleil. Il s'arrête devant un autre escalier d'égoutier. Treize barreaux. Au-dessus de sa tête, une plaque de fonte scellée dans la pierre, une pièce qui doit peser dans les cent kilos. Le regard d'égout de ses voisins. Et de l'autre côté de la fonte, leur maison, les escaliers, sa chambre, ses secrets.

Il gratte les jointures. La terre s'effrite, le métal est rongé par le temps, mais la plaque tient bon. Il faudrait faire levier, avec un pied d'au moins cinquante centimètres. Ce soir, il ne peut rien faire. Il rebrousse chemin, et grimpe quelques escaliers au hasard, pour voir, tiens, ici, pas de plaque, une simple grille qu'il déboîte d'un coup d'épaule. Il passe la tête et débouche dans une cave aux murs tapissés de rayonnages impeccablement rangés où s'alignent des valises, des jouets d'enfant, des chaussures de randonnée. Au fond, un empiètement avec des graviers et des goulots tournés vers lui, comme des canons prêts à tirer. Il n'est pas contre un verre de rouge. Il saisit une bouteille et avec sa lampe déchiffre l'étiquette : Château Cheval Blanc, 2010. Pourquoi pas ? Il n'y connaît rien, de toute façon.

Il rentre et prend une douche. Dans le noir, il se sert un verre. Il boit une gorgée, puis une deuxième, et finit la bouteille, très vite. L'alcool se diffuse à toute allure dans ses veines et fait flageoler ses jambes. Il va à la fenêtre. Juste à temps pour apercevoir la porte du garage ouverte et le mari qui gare sa voiture. Il est minuit trente. En retard, ce soir. Sept minutes de lumière et ça y est, c'est parti pour la nuit. De l'autre côté de la rue, la maison brille par son absence.

Il va se coucher et ne s'endort pas. Le vin le tenaille. Il tourne et se retourne, ça le démange, mais il ne sait pas où gratter. Il attrape son sexe, ratatiné comme un ver. Il n'a plus de prise, il glisse le long de parois lisses et mouillées, de plus en plus vite, de plus en plus profond. Quand, à quatre heures trente-deux, le réveil se met à brailler, il lui semble que ses yeux vont se pulvériser.

Comme par miracle, il a passé une bonne journée.

Momo lui a proposé d'aller pêcher dimanche prochain. C'est peut-être un coup de Sybille Loiseau, un genre de test. Dans le doute, il a accepté. Il se réjouirait presque s'il n'était pétrifié par la trouille de mal faire. À la boulangerie, Paloma a recommencé avec son clin d'œil. Pris d'une hardiesse inconsidérée, il lui a dit en attrapant sa demi-baguette, je n'oublie pas le croissant promis. Elle a souri et il s'est senti à deux doigts d'avouer son excursion sous les rues du quartier – mais il s'est repris à temps. Puis en rentrant, il a continué sa bricole sur un carillon dégoté dans un vide-grenier et s'est amusé à bidouiller le mouvement de sorte que les aiguilles fassent le tour du cadran en six heures au lieu de douze – un réglage qu'il a mené avec brio. Quand il a eu faim, il a ouvert une boîte de maquereaux. La saveur sucrailleuse de la sauce au vin blanc l'a ravi. Il a bu le jus jusqu'à la dernière goutte.

Une bonne journée. L'ébauche d'une maîtrise. Il tient les rênes de quelque chose.

Vers dix-neuf heures, il se poste à son mirador, carnet en main. Depuis sa descente dans le souterrain, il contrôle mieux la situation. Devant la fenêtre, il se sent puissant, à prendre possession d'images qui ne lui sont pas destinées. Il l'a à l'œil cette famille sans paroles, il la tient entre ses paupières. Ce qu'il voit est à lui. Les images appartiennent à ceux qui ont les yeux pour voir. Entre deux bouchées de biscotte au maquereau, il ricane.

Ce soir, tout est illuminé. Les voisins ont des invités, au moins une douzaine de personnes. Il suit le ballet des arrivées, bouquets de fleurs, boîtes enrubannées, exclamations qu'il perçoit malgré sa fenêtre fermée. Puis il surveille le repas – la bonne fait le service, quantité de plats et de bouteilles, des heures à table. Pas de Formica jaune chez eux, mais une laque sombre et de la vaisselle rutilante. Ils bouffent, ils rigolent, ils picolent, et les voilà repartis à rigoler. Ils restent assis sans s'arrêter de rire, même après avoir fini de manger. Que peuvent-ils avoir de si gai à se raconter ? La bonne quitte la maison peu avant minuit. Il bâille. Ça tire en longueur. Vers une heure trente, les invités partent d'un coup, en troupeau. Le mari reste assis à terminer les fonds de verre – comme s'il n'en avait pas eu assez –, tandis qu'elle tourne autour de la table dans sa robe noire et son chignon qui s'affaisse. Ils continuent à rigoler et quand ils ont fini de se décrocher la mâchoire, ils montent en laissant tout le bordel sur la table. Quelqu'un débarrassera demain. Il va chercher son carnet et note *Vacuité.* Le mot le met en joie. Il lui semble qu'on peut y passer la main comme au travers d'une grille. Il y voit la lueur de la flamme sur laquelle elle a soufflé avant de se coucher, un trou qui s'agrandit à mesure qu'il tire sur le fil. L'arrondi du *c* forme une alcôve qui n'appartient qu'à lui. Il s'y niche, réconforté par l'allant de la courbure. Il déplie son lit et s'endort.

Au cœur de la nuit, il est tiré du sommeil par un orage. La pluie frappe les carreaux à les briser. Il se lève pour boire et, dans le noir, se met à la fenêtre, verre à la main. C'est le déluge dehors. Des gouttes comme des pierres rebondissent sur les trottoirs et forment de gros bouillons dans les caniveaux. Une nuit d'apocalypse. Au loin, il entend gronder, il tend l'oreille, ce n'est pas le tonnerre, le bourdonnement se rapproche, devient un rugissement mécanique et quelques secondes plus tard, une moto passe d'un trait, faisant bondir des vagues dans son sillage. Une V-Max. Les yeux fermés, il reconnaîtrait l'accélération de la V-Max. La vision dure une poignée de secondes, un éclair de chrome et de cuir, un cavalier courbé sur sa machine bravant la pluie et la foudre, un évadé à la conquête de sa liberté, au prix du sang ou de la mort. D'un coup, la pluie cesse et les ondes dans les flaques se figent. Le calme revient. Il sirote l'eau tiède comme les invités leur vin et un bonheur fulgurant le traverse, presque douloureux, une sensation oubliée qui le blesse autant qu'elle lui fait du bien. Il est au sec. Il est nu – c'est un luxe, la nudité.

Il est chez lui. Personne derrière l'œilleton. Dans les ténèbres, les animaux peuvent bien grogner, il est à l'abri. Le ciel s'ouvre dans un dernier sursaut et des grêlons gros comme le poing, recouvrent en quelques secondes la chaussée d'un épais tapis de glace. Il ne peut réprimer un sourire, tant de confort malgré le chaos, quand soudain la lumière s'allume en face. À la fenêtre de la chambre parentale, une silhouette s'est encadrée. C'est elle, à peine couverte par une chemise de nuit qui laisse ses épaules et ses cuisses apparentes. Elle regarde vers la rue, éclairée en contre-jour par un halo cuivré, ses cheveux défaits sur ses épaules, une Vénus à peine voilée, si proche qu'en tendant les bras… Il ne bouge pas, protégé par l'obscurité, clandestin dans la nuit, les yeux aspirés par le miroir monumental où se reflète son double.

Une deuxième silhouette apparaît à la fenêtre. C'est son mari. Lui est nu comme la main. Côte à côte, l'homme et la femme regardent le désastre de l'orage, les branches arrachées, les grêlons dans les caniveaux. Puis le mari se glisse derrière sa femme, le haut de son crâne penché dans le cou doré. Ses mains réapparaissent et empoignent les seins, descendent le long de la nuisette, agrippent la chair entre les jambes qu'elle écarte. Dans sa chambre obscure, il se met à trembler, ses poumons se replient et ne laissent plus s'immiscer qu'un mince filet d'air, à la limite de l'asphyxie. La femme abandonne sa tête à la renverse, et comme si elle voulait traverser le verre, s'écrase contre le carreau. Son buste se tord, reins cambrés, son mari a saisi ses hanches et il la secoue comme un sac de sable, tête baissée – il regarde ses fesses. Les secousses durent de longues minutes pendant lesquelles il est pris de tremblements, appuyé contre le carreau, au risque, lui aussi, de passer au travers.

L'orage a cessé depuis longtemps quand ils vont se recoucher. La lumière s'éteint. Il est de nouveau abandonné dans le noir. Il titube jusqu'à son lit et s'endort comme s'il s'était assommé contre le mur.

Presque instantanément, l'alarme du réveil se déclenche, assourdissante. Quatre heures trente-deux. Il s'arrache du lit, le crâne transpercé et l'estomac au bord des lèvres. Ses gestes ralentis par une pesanteur décuplée, il peine à se préparer et il se met en retard. L'aube sent la pluie acide. Il serre les poings, met un pied devant l'autre.

Comme un zombie, il charge et décharge des palettes. À treize heures, il quitte l'entrepôt et la violence de la migraine l'oblige à prendre un sandwich dans un café du coin. Il lutte contre les visions, mais c'est comme s'il avait avalé un poison. Les images sont là, juste derrière ses rétines, un corps, deux corps, un sexe dans un autre sexe, ça frotte, ça gesticule, ça vrille son cerveau. Il est rongé par l'impudeur des bourges, la sensation déchirante d'être invisible et une inavouable pulsion sexuelle. Il rentre chez lui, tête basse.

Évidemment, il se poste à la fenêtre. En fin d'après-midi, les gamines reviennent de l'école. Elles font leurs devoirs puis goûtent devant la télé. L'aînée va téléphoner dans le jardin et clope derrière la cabane à outils, tandis que la petite, assise sur la moquette de sa chambre, joue.

Elle arrive plus tôt que d'habitude. Elle gare sa voiture bleue dans le garage, un morceau de ciel dans la grisaille déjà tombée. Elle a dû avoir un accident, le pare-chocs est arraché – mais sans doute qu'elle s'en balance. Il devrait reculer, arrêter de mater cette traînée qui se fait sauter au vu et au su de n'importe qui. Il devrait être un autre, mais ça fait des années qu'il essaie en vain, alors il ne bouge pas et reste suspendu, le nez à la fenêtre.

Elle fait dîner ses filles, puis c'est déjà l'heure du coucher. Derrière les voilages indiscrets des enfants, il ne regarde pas. Il ne regarde jamais les petites. Il n'est pas un pointeur. Il a ses limites – enfin, il croit.

Ses yeux retournent au rez-de-chaussée et fouillent, mais elle a éteint la lumière et il ne la voit plus. Sa rage s'accroît. Il la tenait. Il l'a perdue. Il est privé ce soir ? Puni ? Elle se fout de sa gueule ? Un jour, elle baise sous ses yeux, et le lendemain, c'est ceinture ? L'opacité des fenêtres le suffoque. À quoi joue-t-elle ? Je suis là, je ne suis pas là, tu me vois, tu ne me vois plus. Il est envahi par la vacance, la lourdeur de l'absence, le noir dépeuplé. Leurs maisons s'éloignent. Le bitume se fissure. Il va tomber dans le précipice.

Il prend son sac de toile et descend au souterrain.

« Mais c'est atroce ! Il y en a partout ! »

Ça devait arriver. Paloma vient de se couper avec le couteau denté. Une tradition coupée en deux et c'est la phalange supérieure qui trinque. Voilà ce qui se passe quand on veut tout faire à la fois. Elle a lâché la baguette en poussant un cri. Ça pisse le sang, sur la table, sur son tablier rose, sur le pain. La cliente, une petite vieille, s'agite, contrariée. Paloma, il faut être plus prudente, et maintenant je vais être en retard !

La vue du sang ne l'effraie pas. Il en a vu d'autres – mâchoires défoncées par une fourchette cachée dans un poing, plaies purulentes dissimulées aux yeux des matons, vermine, poux, merde étalée sur les murs. Ce n'est pas une coupure qui va l'impressionner. Ce sang fumant, c'est presque agréable. C'est un tribut à celui de sa voisine – l'a-t-elle bleu, comme on le dit dans les livres ? –, c'est un hommage au sien, qui dégoutte dans sa bouche depuis des années, ferrugineux, plombé par les pulsions obscures.

Ils sont seulement tous les deux dans la boulangerie. La petite vieille s'est débinée sans sa demi-tradition. Paloma tient sa main gauche, elle regarde le sang perler sur ses doigts, livide. Elle est jeune. Vingt ans à peine. Brune, bien peignée, avec une raie parfaitement tracée et les cheveux tirés en queue de cheval. De grands yeux noirs maquillés et une peau qui respire la jeunesse. Le genre de fille qu'il appréciait avant, quand il avait un corps et qu'il pouvait sourire sans raison. Il se demande s'il pourrait la prendre dans ses bras sans avoir envie de s'enfuir, ou de frapper.

« Vous pouvez m'aider ? »

Bien sûr qu'il peut. Avec son air désespéré, elle est touchante. Elle s'est à peine coupée, et c'est la fin de son monde. Il peut l'aider, il sait tout réparer, même les blessures. Mon garçon, c'est le plus doué, se vantait sa mère auprès des voisines à Palente. Elle les mettait au défi, n'importe quoi, tout ce qui est cassé, il vous l'arrange en moins de deux, alors les voisines lui confiaient leurs antiquailles et elle faisait sa fiérote, allez, mon garçon, montre-leur voir de quoi t'es capable.

Les temps ont changé. Il n'aide plus personne – et personne ne vient plus le solliciter, jusqu'à aujourd'hui où la boulangère accroche ses yeux noirs aux siens et lui fait signe de passer derrière.

« J'en mets partout… »

Il soulève la trappe et se glisse de l'autre côté. Le point de vue est époustouflant avec toutes les vitrines ouvertes. On peut mettre les mains dans les étalages et découvrir les étagères en dessous, les boîtes en carton rangées à plat, des rubans, d'autres couteaux. La boutique paraît si vaste, les deux portes lointaines, l'une pour entrer et l'autre, fermées toutes les deux. Le comptoir fait un coude, à gauche les viennoiseries, à droite les pâtisseries, de ce côté-ci, c'est inversé, il fallait s'y attendre, mais tout de même, c'est amusant.

« Vite… »

Patience, Paloma. Je vais te soigner. Laisse-moi d'abord regarder. Si tu pouvais imaginer ce que c'est de voir les choses de l'autre côté. Laisse-moi profiter de cet instant où l'on m'invite dans l'espace réservé aux initiés, où l'on m'appelle à l'aide, où je ne suis pas un moins que rien.

« Alors ? »

Il attrape ce qu'il trouve, un torchon, du papier, passe le doigt blessé sous l'eau. L'entaille est mauvaise, il faudrait un point. Ses gestes sont calmes. Elle lui abandonne sa main. Il lui demande de s'asseoir et façonne un bandage de fortune. Avec un rien, il fait une merveille. Dans l'arrière-boutique, il aperçoit l'atelier, la pétrisseuse, on dirait une mini-bétonnière, les clayettes où repose le pain cru, les sacs de farine posés sur le sol – peut-être pourra-t-il visiter ensuite ? Il fait du zèle et, agenouillé, passe la serpillière sur le carrelage. Elle l'observe, silencieuse. Il prend son temps pour qu'elle voie comme il est précautionneux. Il rince le torchon tâché, l'essore et le met à sécher. Le désir de bien faire le galvanise. Il avait oublié le bonheur d'être regardé.

Quand il a terminé, il lui demande si elle a mal. Elle hoche la tête, un peu quand même. Il examine le doigt, ça saigne encore, mais si peu. Quelle chochotte ! Sur l'intérieur de son poignet, une larme de sang a coulé, presque noir, un sombre sillon moucheté de grenat. Il ne peut pas laisser ça. Il n'a plus de chiffon, alors il approche le bras de sa bouche et d'un coup de langue bien appuyé, il lèche le sang de la boulangère – une saveur inédite, légèrement salée.

Il se redresse, immédiatement foudroyé par l'obscénité de son geste. Il a dérapé. On ne lèche pas le sang des gens. La boulangère le dévisage, toujours reliée à lui par son bras raidi. Dans les yeux rivés sur lui, il lit le trouble, la méfiance, la stupéfaction. Pour une connerie, c'en est une belle. L'instant s'étire, puis sans préavis, s'allume dans le regard de la boulangère un éclat tout autre, une lueur malicieuse et pétillante qui révèle à n'en pas douter une connivence joyeuse. Un large sourire vient éclairer son visage et achève de le consterner. La boulangère est charmée par le baiser de Judas. Sans le quitter des yeux, sans réfléchir aux conséquences, n'écoutant que sa pulsion contre-nature et avec un regard ondoyant, elle lui demande s'il voudrait prendre un café, un de ces jours.

Il répond oui, très vite, pour ne pas avoir à discuter, pour couper court à l'espièglerie de la boulangère, si vite qu'il regrette aussitôt d'avoir accepté. Il a dit oui comme si rien n'était arrivé, comme s'il n'y avait pas eu de présage, ni les jambes qui balancent dans le salon, ni l'arbre où la voiture de Michel s'est encastrée, ni les jours sans fin quand le mur vous tourne autour, pas plus de sol que de plafond, il a dit oui comme un naïf, un non-initié, comme si on pouvait faire confiance, il a dit oui parce que c'est plus simple que de dire non.

Vendredi prochain, elle termine à dix-huit heures, on pourrait aller chez Mario, oui, Mario, c'est le café au bout de la rue, celui qui fait pizzéria, j'habite l'immeuble à l'angle, juste à côté.

Il quitte la boulangerie comme un fuyard. Il vient de se faire couillonner. Au premier piège, il défaille. En plein dans le panneau. Il cavale jusque chez lui. Vendredi. Il n'a que quelques jours pour s'extirper de ce bourbier.

« Alors, comment tu t'en sors ? »

Cette fois-ci, il a préparé l'entretien. Bientôt, c'est l'hiver. Le plafond qui vous tombe dessus à cause du gel. Le petit jour qui stagne dans le minuscule carré de gris. Les saisons entraperçues. Il n'y remettra pas les pieds. Pas vivant.

« Mieux. Je commence à reprendre goût à la vie. »

Sybille Loiseau ouvre les yeux.

« Pour une surprise, c'est une surprise ! »

Ils sont assis de part et d'autre de la table. Elle s'cst attaché les cheveux en queue de cheval, à la va-vite, des mèches rebelles s'échappent de l'élastique, maigrichonnes, cotonneuses.

« Dis-m'en plus. »

Il la connaît, maintenant. Elle relance toujours une fois ou deux, et ensuite, elle note dans son dossier.

« C'est-à-dire… J'ai plus d'appétit… Je me suis fait des amis… Je vais aller à la pêche avec un collègue de travail… »

Il lui passe la feuille. Il a fait une liste pour elle. Il est le prince des menteurs. Condamné un jour, damné pour toujours.

Sybille Loiseau lit à voix haute :

« Momo, Paloma, Riton. Trois amis. Pas si mal, deux mois à peine après être sorti. »

Elle siffle d'admiration. La conne. Elle ne sait même pas que ça porte la poisse.

« Il y a aussi des voisins dans le quartier à qui je dis bonjour. Au total, ça fait une dizaine de personnes. »

Tant qu'on y est. Sybille Loiseau hoche la tête et semble satisfaite. Elle sort son dossier.

« Ça fait plaisir d'entendre enfin le son de ta voix. Je sais que ça se passe bien à ton boulot. Ton patron est content, je lui ai téléphoné hier. Ça fait partie du suivi et, après notre dernier rendez-vous, j'avais des doutes… »

Elle embraye sur les vertus de l'association, avec son drôle d'accent. Tant mieux si elle bavasse, ça lui évite de parler. Tout en prenant des notes, elle lui raconte comment elle en est arrivée à la réinsertion. Une révélation, dit-elle, le jour où elle a vu un reportage à la télévision.

« Tous ces pauvres types *comme toi*, entassés, le quartier disciplinaire, la promenade… »

Ça rend bien, à la télévision, les cellules saccagées ? Peut-on sentir à travers l'écran le plaisir pervers de mettre en pièces ce qui est déjà brisé ? Et les grèves de l'hygiène ? Et les fouilles à corps ? On en parle dans les reportages ? Elle peut se la carrer où je pense, sa révélation.

« Et puis, il y a eu un ami, incarcéré, il y a longtemps. Ça vient de là aussi. »

Elle se tait. L'émotion flotte sur son visage. Elle a un grain de beauté sombre au milieu d'une joue, piqué de deux longs poils noirs. Elle bâille. La prison, quand on n'y a pas croupi, on y pense, et hop, on n'y pense plus.

« Dis donc, c'est nickel ici, par rapport à ce que je vois chez d'autres gars *comme toi*… Ta vaisselle est faite, ton clic-clac refermé… Tu voudrais pas faire un tour chez moi, j'ai pas trop la patience pour le ménage… Et tu as même des livres… Tu es un intello ou quoi ? »

Elle a beau fureter, il n'y a rien à redire.

« Un soir, on m'a réveillé pour me faire avaler un somnifère. »

Il a parlé sans réfléchir. Sybille Loiseau le dévisage, avec un regard entre deux eaux.

« De quel bois es-tu fait, toi ? Tu la joues idiot du village, mais ça doit mouliner là-dedans… »

Elle s'adosse à la chaise, détend ses jambes sous la table. Toutes ses visites ne doivent pas se dérouler aussi bien.

« Ta mère a appelé. Elle voulait savoir comment te joindre, ton adresse ou ton numéro de téléphone. »

Elle dit ça l'air de rien, une nouvelle ordinaire, un fait sans importance, une éventualité météorologique.

« Brave femme, ta mère. On a un peu discuté. On est entraînés à l'écoute téléphonique à l'association. Elle m'a raconté votre vie à Besançon, ta famille… Sa visite à la maison d'arrêt, après ton incarcération. Comment tu n'avais pas prononcé un mot au parloir. Et que tu lui avais écrit ensuite de ne plus revenir. »

Pas ça. Pas ce souvenir-là. Cette culpabilité est de celles que la prison ne peut pas absoudre.

« Elle a douillé, ta pauvre mère. Ton père d'abord – pendu, à ce qu'elle m'a dit –, l'accident de ton frère ensuite, et toi par-dessus le marché, qui a déconné à plein tube. Comme si elle n'avait pas été assez servie. Les hommes font tellement souffrir les femmes… »

Son destin est un petit malin. Il a trouvé Sybille Loiseau pour se rappeler à son bon souvenir. Elle rend ses oracles et exhume ses défaillances, la honte, la désolation.

« T'aurais pas un peu d'eau ? Il fait chaud chez toi, tu n'ouvres jamais la fenêtre ? »

Il se lève et remplit un verre au robinet. L'eau fraîche coule sur ses doigts. Au passage, il jette un œil dans la rue. La plus jeune des filles rentre de l'école, cartable sur le dos. Elle se tortille devant le portail, son pull accroché autour de la taille. La bonne asiatique vient ouvrir, et avant de rentrer, la fillette tourne la tête vers son immeuble. Son regard escalade, hésite, persiste et comme aimanté, s'immobilise dans le sien. Pas question d'ouvrir la fenêtre. Jamais.

« Ah, j'avais soif… »

Sybille Loiseau boit sans le quitter des yeux. Elle a déboutonné son gilet et, en dessous, porte une chemise d'homme. Elle passe la main sur son cou. Ses yeux tanguent dans ses orbites. On dirait qu'elle est à la foire aux bestiaux.

« T'as quel âge, au fait ? Je ne m'en souviens plus, c'est pourtant marqué dans ton dossier… Voyons… Né le 11 mai 1960 à Besançon… Tu ne fais pas ton âge, dis donc… Depuis que tu t'es refait une coupe, tu as une autre tête, on ne pourrait pas croire que tu viens de sortir… Tu sais, des gars *comme toi*, j'en vois plein, mais toi, c'est différent… »

Une lumière vient de s'allumer dans l'œil de Sybille Loiseau, une flammèche qu'il reconnaît. Comme celle qui a brillé dans les yeux de la boulangère. Il y a toujours un risque, même avec une Sybille Loiseau. Il baisse la tête vers la mélamine.

« Je vais te faire une confidence. On a presque le même âge, toi et moi. On a vécu, on n'est plus des enfants de chœur. On sait ce qui est bon, comment se faire du bien. »

De l'agglo à l'intérieur, a expliqué son père. Des particules par milliers, des copeaux, des fibres, de la sciure, et tout ce petit monde emprisonné entre deux plaques de résine, à moins que ce soit du stratifié, comment y penser sérieusement quand sur son index vient de se poser un autre index recouvert d'un vernis orange, puis sur son majeur, un deuxième doigt orange, et c'est toute une main bariolée qui vient se plaquer sur sa peau.

Il ne bouge pas. S'il fait le moindre geste, on le renverra là-bas s'enraciner comme une ronce autour d'une potence.

La respiration de Sybille Loiseau s'est accélérée. Elle reste le bras tendu, penchée un peu en avant, et sa main lourde, le plus pesant des fardeaux sur sa liberté fragile.

Puis elle parle, d'une voix trouble.

« Parfois, ça se passe comme ça. J'ai pitié du cœur qui bat derrière les barreaux. J'ai beaucoup d'amour à offrir, surtout aux plus démunis. Et les hommes *comme toi* ont eux aussi beaucoup à donner. »

Il sent sa langue se racornir. Sybille Loiseau s'est tue. Sa main se fait pressante sur la sienne, elle tâte, par petites oscillations, elle caresse en faisant rouler l'épiderme sur sa chair, comme si elle voulait le dépecer.

Puis elle se lève d'un trait, ramasse ses affaires et pendant qu'elle enfile son manteau, lui sourit, insouciante.

« Ouste, assez rêvassé. J'ai pas encore fini ma journée. On se revoit la semaine prochaine. Je vais faire un bon rapport, ça changera pour une fois. La prochaine visite, on ira un peu plus loin. Ne t'inquiète pas. Tu peux me faire confiance. J'ai un sixième sens qui ne me trompe jamais. Je sens ceux qui vont tenir et ceux qui vont replonger. Toi, tu es un costaud. Tu vas t'en sortir. »

Il se lève aussi. Il a quelque chose à lui demander, il a failli oublier, il s'est laissé distraire par cette salope.

« S'il vous plaît… J'ai une question. »

Elle boutonne son manteau.

« Dis-moi, mon grand, tout ce que tu veux. »

« Pourquoi n'y a-t-il personne dans l'immeuble ? »

Elle s'approche de lui et attrape son menton pour crocheter son regard.

« Mais où es-tu allé chercher une bêtise pareille ? Personne dans l'immeuble ? Tu plaisantes ! Tous les appartements sont occupés. Il y a même un autre gars comme toi, en conditionnelle. »

Son haleine sent la cantine.

« Au revoir, mon grand. Je vais penser à toi. Et toi aussi, pense à moi. C'est une belle rencontre, nous deux. »

Elle tire sur son menton et quand il est à portée de bouche, elle harponne sur ses lèvres sa chair molle au pouvoir de titan. Son sourire s'attarde dans la chambre, vole un autre baiser et s'évanouit enfin.

La bouche à vif, il se roule en boule sur le canapé. Il pense à son frère inconnu qui se terre dans une cage, quelque part dans l'immeuble, comme lui appliqué à rester invisible, terrorisé à l'idée d'usurper une place qui ne lui revient pas. Il revoit la petite tête blonde en contrebas de sa fenêtre, innocence en sursis qui regarde là où il ne faut pas, et sa déréliction le désespère. La tête entre ses bras, il taillade la peau intérieure de sa joue et fait sourdre le sang dans sa bouche. Dans une étreinte solitaire, il absorbe sa propre substance et tente de s'évader loin, très loin de lui.

« Où est ta canne à pêche ? »

Il reste idiot. Quelle canne à pêche ?

« Ben, si tu veux pêcher, sans canne, t'es mal barré. »

Bien sûr. Mal barré.

« À moins que t'attrapes les poissons avec les mains. »

Momo éclate de rire et tape sur son volant tellement la situation est cocasse. Une bouffée de désespoir le traverse. Il est tenté de fuir, courir sur les trottoirs balafrés, se perdre dans le petit matin. Mais il ne bouge pas.

« Bon, t'en fais pas. Tu me regarderas. Allez, monte. Faut qu'on s'magne, les poissons vont pas nous attendre. »

Il s'assied à côté de Momo. La voiture est surchauffée et sent le fruit pourri. Momo démarre et explique qu'ils vont prendre l'autoroute, c'est pour ça qu'il a donné rendez-vous porte d'Orléans, on y est direct à cette heure-ci, dans quarante minutes à peine…

Il prête une grande attention à ce que dit Momo même s'il se fout des prévisions de Bison Futé. Il est décidé à faire un sans-faute. Essayer, encore et toujours, ne pas désespérer de rejoindre un jour les vivants. Il écoute quand Momo lui dit que son prénom, c'est Maurice, à ne pas confondre avec Mohamed, mais il trouve que Maurice, ça fait vieux, il l'écoute lui confier qu'il n'est pas marié, les femmes, ça n'a jamais été son truc, il l'écoute avouer que faut pas croire, il a l'air comme ça, mais il n'est pas si bourru, lui non plus n'a pas eu la vie facile, la galère des boulots de merde et du chômage, mais là, il est content, le Boss est un type réglo, la preuve, il embauche des gars *comme toi*.

Puis il arrête d'écouter, parce qu'il commence à avoir envie de vomir. Momo conduit comme un furieux, il freine et accélère en même temps, cabre la voiture sous des coups de pédale contradictoires, déboîte et se rabat au dernier moment. Les secousses, la chaleur et l'odeur lui portent à l'estomac. Il ferme les yeux.

Il se réveille quand le moteur s'arrête. Il sursaute, regarde autour de lui. Ils sont en rase campagne.

« T'es pas le type rêvé pour aller pêcher… Tu vas dormir longtemps ou quoi ? Qu'est-ce que tu fais la nuit ? Tu te paluches ? »

Momo repart dans un rire colossal et le frappe sur l'épaule avec le poing, allez viens, on va débarquer le matos.

Dans le coffre, un foutoir de quincaillerie et toujours cette odeur de bête crevée. Momo lui passe une caisse qui doit peser dans les vingt kilos et sort sa canne à pêche.

« J'viens de me payer un moulinet débrayable. La classe. Ma canne, c'est une Garbolino. On n'est pas là pour rigoler. »

Et comme pour se contredire, Momo éclate de rire.

La voiture est garée sur un petit parking désert. Un chemin de terre se faufile entre les arbres et descend en ruban vers l'eau. Il fait frisquet. Un brouillard humide voile les sous-bois.

Momo pratique la pêche au coup. Avec deux hameçons, ça va plus vite. On va choper du gardon, ce soir, c'est friture ! Il déballe son barda et enfile un gilet sans manche, les poches, c'est super pratique pour ranger le matos, à chaque poche sa spécificité – bobines, bas de ligne, lunettes…

Il ne connaît rien à la pêche, si ce n'est les milliers de plombs qu'il a enfilés en prison pour cent, cent cinquante euros par mois. Il pourrait s'intéresser s'il n'était soudain happé par l'odeur de terre mouillée qui l'emporte sur la puanteur de la voiture. Une odeur quasi sucrée, onctueuse, comme dans les cabanes de la forêt de Chailluz, comme dans le cou de Michel quand il avait chaud. Depuis combien d'années n'a-t-il pas mis les pieds hors de la ville ? La résurgence de la mémoire le foudroie. Il vole par-dessus les paysages vallonnés de son enfance, les forts perchés sur les collines, la boucle du Doubs, les massifs jurassiens. C'est comme une amputation. La nostalgie le déchire de part en part, le manque aiguillonne une douleur fantôme dont il sent que rien ne pourra la soulager.

Momo a planté un parasol jaune et s'est installé sur un pliant. Il jette dans l'eau une boulette d'un mélange brunâtre – c'est ça qui pue – et lance sa ligne.

Il s'assied sur l'herbe mouillée.

« Je n'ai rien dit aux autres, au taf. Ils se seraient foutus de ma gueule. C'est pas des mauvais bougres, mais ils ont des idées arrêtées, ils disent qu'on ne sait pas de quoi vous êtes capables, qu'on ne change jamais… Mais moi, je t'ai observé. Tu es un gentil. Enfin, je préfère quand même que tu la boucles, pas la peine de te vanter qu'on est allés pêcher. »

L'endroit est paisible. L'eau clapote sur les berges. Une libellule gracile frôle la surface de l'étang, où le brouillard a laissé une traînée laiteuse. La campagne frémit de toute la vie qui s'y tapit.

Ça mord très vite. Momo ramène un petit poisson argenté qui se tortille, à peine plus gros que le scarabée tatoué sur le dos de sa main. Il le détache de son hameçon et le jette dans l'épuisette qui baigne dans l'eau. Il relance sa ligne.

« Alors, c'est comment la prison ? »

Le flotteur orange ballotte et replonge. Cette fois-ci, il y a deux poissons, un sur chaque hameçon.

« Ça fait quoi de jamais sortir ? »

Momo ne quitte pas l'étang des yeux. Il balance les poissons dans le filet, renvoie sa ligne. Ses gestes s'enchaînent, le buste droit comme s'il était aveugle.

« Y a la télé dans les cellules ? »

Le ballet est incessant. Les poissons sont arrachés à la tranquillité de l'eau, dans les airs ils se dandinent, dardent leur éclat d'argent, puis ils échouent dans l'épuisette.

« Et sexuellement, on fait comment ? »

Momo plonge la main dans le Tupperware et façonne une boulette qu'il envoie dans l'eau. La mixture affole les poissons qui se précipitent sur les hameçons, toutes les minutes une nouvelle prise vient rejoindre le désordre du filet.

« À la sortie, tu devais avoir hâte de tirer ton coup... C'est comment le sexe, après toutes ces années de branlette ? »

Il y a une armada de poissons dans l'épuisette. Bientôt les nouveaux arrivants ne seront pas immergés. La terreur des corps argentins s'accroît à mesure qu'ils s'entassent.

« Et entre prisonniers, ça se passe comment ? On devient pédé, non, à vivre sans gonzesse ? Faut pas se baisser dans les douches, à ce qui paraît… »

Ça ne peut pas continuer. Il n'y arrivera pas. Derrière ses airs de bon samaritain, Momo ne vaut pas mieux que les autres. Les Sybille Loiseau, les Paloma, les Momo, leur sourire dévoyé, leur normalité, cette humanité dont ils se réclament et dont il est exclu… Des parasites. Des démons. Sans répit, ils se paient sa tronche, ils lui grimpent dessus et le renvoient au néant de son sort. On s'amuse avec lui. Il est un ex-taulard. Il est devenu un animal de foire. Il sera toujours un nullard. L'étiquette lui collera à la peau comme un chewing-gum sous la godasse. Combien de temps va-t-il accepter d'être traité comme un clébard ? Combien de temps à se la boucler, et à se laisser baiser dans tous les coins par ces profiteurs en quête de sensations ? Être l'objet des autres, ça suffit. Ça doit prendre fin. Et pas plus tard que tout de suite.

La solution radicale, c'est la ligne de nylon. C'est du solide, ça trancherait la tête d'un bœuf. Mais sans gants, ce sont ses mains qui vont douiller. La noyade collerait aux circonstances. Un accident est si vite arrivé. Avec les bottes en caoutchouc, on n'est pas habile, les berges sont boueuses, il a plu hier. D'ailleurs, il a les fesses trempées, il va attraper froid.

Il se lève et se dégourdit les jambes derrière Momo. Le pliant est un peu en pente. Son gilet bourré de gadgets pourrait le lester. Y a-t-il du fond dans cet étang ? S'il avait pied, ça ressemblerait à une farce. Il hésite. Et si Momo en venait par mégarde à avaler son attrape-couillon ?

Momo se retourne.

« Rends-toi utile, va me chercher le seau, qu'on y foute les poiscailles. Et arrête de me regarder comme si tu avais vu Bernadette Soubirous. »

Il remonte vers la voiture, ouvre le coffre du break – un volume si profond qu'on pourrait y allonger un corps. C'est le bordel là-dedans. Dans le fond, une couverture recouvre un haut renflement. Il soulève un coin et découvre un fauteuil en plastique blanc impeccable, avec un coussin en coton pour la tête. Même les pieds sont propres. Coincées derrière le fauteuil, plusieurs cannes à pêche, semblables à celle qu'utilise Momo.

« Alors, c'est pour aujourd'hui ou pour demain, ce seau ? »

Il replace la couverture, attrape le seau en tremblant et, avant de refermer, saisit une clé en croix qui traîne. Il la glisse à l'arrière de son jean. Le contact du métal glacé le fait frissonner.

Momo n'a pas bougé d'un pouce. Dans l'épuisette, la danse mortifère continue de plus belle.

« Viens me poser le seau ici. Et arrête de gigoter, tu fais fuir les poissons. »

Il se rassied sur l'herbe. Dans son dos, la clé a pris vie. Elle frétille comme les poissons, en proie à un désir irrésistible. Momo pose sa main sur sa cuisse, une main virile, l'amitié entre hommes, ou bien plus, sait-on jamais.

« Et la conditionnelle, ça marche comment ? À la première connerie, tu y retournes, non ? »

Momo rayonne. Il sourit à pleines dents, du sourire du pêcheur pendant une partie fructueuse, le sourire d'un homme qui se sait en règle et ne doute jamais de son bon droit. Il s'allonge sur l'herbe, déplie ses jambes et tente d'échapper à la poigne agrippée à sa cuisse. Le métal cisaille sa chair. Le bavardage de Momo bourdonne dans ses oreilles sans qu'il ne puisse plus rien en saisir. Ça marche comme ça, la conditionnelle. On te chie dessus, et toi, tu te la boucles.

Ils arrivent porte d'Orléans vers quinze heures. Momo propose de revenir dimanche prochain, ou un cinéma, mais il claque la porte et s'enfuit, hagard, vers le métro. La clé frotte toujours contre sa peau, ça poisse dans son dos. Il grimpe dans la rame bondée et se faufile vers le fond, coincé entre des épaules, des dos, des visages abrutis sous des bonnets. Le métro s'ébranle, tous les corps se brassent, les sueurs se fondent, les odeurs se confondent. Il est si semblable et pourtant si discordant. Est-il le seul à vouloir sortir sa croix et frapper au hasard ? Il regarde la femme près de lui, elle baisse les yeux, elle pourrait payer pour les autres. Ou bien ce petit vieux agité de tics nerveux. N'importe qui ferait l'affaire.

Il se traîne jusque chez lui. Les rues sont vides, mais il lui semble être suivi. Il se retourne plusieurs fois. Il fait froid. Sa chemise colle contre sa chair ulcérée. Il trébuche. Quoi encore ?

Un chat noir à l'œil mordoré s'échappe d'entre ses jambes. Même les chats s'y mettent. Sa haine éclate et toute la rage accumulée déferle dans ses veines. Sa savate fuse contre le ventre du chat, du plus fort dont il est capable, et projette de l'autre côté de la rue le corps désarticulé qui s'abat contre le muret. Malgré la violence du choc, le chat se rétablit sur ses pattes d'un bond paniqué et disparaît sous le portail des voisins.

Il monte chez lui – le silence dans la cage d'escalier est encore plus accablant maintenant qu'il imagine les corps parqués – et, tel un insecte, se colle à la fenêtre.

Comme si tout allait bien, elle fume sous le porche de sa maison. Elle s'offre une pause détente, en cette fin tranquille de dimanche après-midi. Le sang bouillonnant, il tape du poing contre le mur. Le choc ébranle les étagères de sa chambre. Elle pourrait l'entendre, tourner la tête vers lui, mais elle continue de fumer. Comme si tout allait bien.

À mieux y regarder, elle fume bizarrement. Elle aspire de longues taffes qu'elle expire tout de suite, bouffée après bouffée, sans reprendre son souffle. Elle fume sa clope d'une traite et lorsqu'elle arrive à la fin, elle en allume une seconde sur le mégot, qu'elle balance à la façon d'un routier. La deuxième cigarette est avalée avec la même voracité impérative, à toute allure, dans l'affolement. Il ne fume pas et pourtant lui aussi voudrait tirer sur cette clope, sentir ses poumons s'emplir, il voudrait sucer, pomper, d'une aspiration démesurée, à en crever.

Il s'écarte de la fenêtre, s'allonge sur le canapé et ferme les yeux. Sous ses paupières brûlantes, des images hypnotiques éveillent une concupiscence sans objet. La cendre s'embrase, la bouche rouge se crispe autour de la cigarette, le crâne de Momo éclate comme une tomate trop mûre, le corps démantibulé du chat noir voltige dans les airs…

Vers vingt-trois heures trente, la lumière jaillit. Ça vient d'en face. Il se lève. Au second, tout est allumé, voilages ouverts, et elle est là, plantée au beau milieu de sa chambre, à rien faire. Les minutes s'égrènent dans cette attente immobile. C'est quoi son problème ? Puis lentement, comme si elle obéissait à un protocole minutieux, il la voit retirer ses chaussettes, déboutonner et faire coulisser son pantalon qu'elle dépose sur le dossier d'une chaise, s'extraire de son pull, dégrafer sa chemise, s'en défaire. Elle est maintenant en sous-vêtements, toujours au centre de la pièce, comme un mannequin en vitrine. De nouveau l'attente, il respire difficilement, et la voilà qui reprend, elle arque ses bras vers l'arrière et ses mains de retour vers l'avant emportent la dentelle du soutien-gorge qu'elle lâche sur le sol. Son slip glisse sans effort et elle est nue. Les bras le long de son corps, face à la rue, complètement nue, encore des secondes en suspens, et elle se met en mouvement, elle tourne sur elle-même, une fois, deux fois, trois fois, toujours avec la même lenteur, son corps rose entraîné dans une rotation mécanique, et il voit tour à tour ses fesses, son ventre, son dos, ses seins, ses fesses, son ventre encore, et après une dizaine de tours – s'il a bien compté –, elle éteint la lumière, aussi soudainement qu'elle l'avait allumée.

Il se retrouve dans le noir avec une érection douloureuse dont il ne sait que faire. La situation lui échappe totalement. Ce qu'il vient de voir ne répond à aucune logique. Ça ne devrait pas se passer ainsi. Les images sont censées être volées. Il est censé se tapir dans l'ombre, mater en douce et voir ce qu'il n'a pas le droit de voir, saisir ce qui ne lui est pas destiné. Mais ce soir, c'est cadeau. Les images sont offertes, exposées, sans filtre ni voile. Des images insensées, qui étranglent son souffle jusqu'à la suffocation. Jusqu'à présent, il était le maître devant sa fenêtre. Il était aux commandes. Ce soir, la situation lui file entre les doigts comme du sable. Ce soir, c'est lui qui est saisi. Il chancelle. Au seul jeu qu'il maîtrisait, il vient de perdre une manche d'une façon qu'il serait bien en peine d'expliquer. On vient de le poignarder dans le dos.

[illegible] qui reste, elle aussi, [illegible] les vagues de [illegible] en partie [illegible] gris, [illegible] sa campagne [illegible] de son corps [illegible] secondes en suspens [illegible] sur elle-même [illegible]

[illegible]

[illegible]

Vendredi se rapproche à toute allure. Il doit se débarrasser du problème Paloma. Être efficace. Aller la voir. L'entraîner dehors quelques minutes. La baratiner entre deux croissants, annuler ce putain de rendez-vous. Et si elle lui demande des explications ? Écrire un mot et glisser le message au moment de payer. Quoi écrire ? Pardon, mademoiselle, non, pardon Paloma, je ne peux pas venir… Pourquoi s'excuser, pourquoi s'expliquer ? Juste mettre, rendez-vous annulé. Faut-il signer ? Tout ça lui retourne la tête au point que, sur sa dernière commande, il se goure d'allée et il charge la mauvaise palette dans le mauvais camion, comme le dernier des crétins à l'entrepôt.

Quand il s'en rend compte, le camion est sur le point de partir. Une mauvaise suée l'envahit. Putain de journée. Momo est en train de s'énerver sur un de ses gars, Momo qui tire clairement la tronche depuis la pêche. Il l'a déçu, sans doute attendait-il autre chose – qu'aurait-il dû faire, ou ne pas faire ? –, et maintenant, faut-il donner l'alerte pour la palette ?

Au vestiaire, il demande qu'on lui prête un stylo et note quelques mots pour Paloma au dos de sa feuille de route. Les gars essayent de voir, ils se marrent au passage, ils n'en ratent jamais une. Il a décidé de fermer sa gueule pour la palette. Avec un peu de bol, ils ne s'en rendront même pas compte.

Dans le RER, il tripote le papier plié en quatre dans sa poche. La rame avance, gare après gare, il est embarqué, mais c'est comme s'il faisait du sur-place. Il descend à sa station. Il est à peine quinze heures. C'est une belle journée ensoleillée, de celles qu'il a fantasmées pendant huit ans et dont il est incapable de profiter. Il marche à pas lents pour retarder le supplice. Il entre au Leader Price et rôde dans l'allée des pains de mie. Il n'a pas remis les pieds dans la boulangerie depuis l'invitation. Il rêve d'une baguette fraîche.

Il ressort et se dirige vers la boulangerie. Il y a foule, la file d'attente s'étire sur le trottoir. Qu'est-ce qu'ils ont tous à vouloir leur pain à la même heure ? Il s'arrête devant la vitrine et regarde à l'intérieur. Derrière le comptoir, Paloma s'active, elle a attaché ses cheveux en chignon et porte sa blouse rose à col blanc. Elles sont trois aujourd'hui à servir, pourtant elles sont débordées par l'affluence. La reine d'Angleterre officie derrière la caisse, rouge d'énervement. Puis Paloma le repère et elle lève le bras pour lui faire signe, elle agite sa main avec un grand sourire qui éclaire son visage. Son exubérance provoque ce qu'il redoutait, tous les clients se retournent et le dévisagent, curieux de voir qui la boulangère salue avec tant d'enthousiasme.

C'est au-dessus de ses forces. Il prend la fuite.

Il longe les immeubles jusque chez lui. La rue s'est obscurcie comme si la nuit allait déjà tomber. Dans sa poche, le papier s'est collé à sa paume, il tente de s'en défaire, la feuille est tenace, il la roule en boule, c'est inutile à présent. Il passera demain en rentrant du boulot ou il ne fera rien du tout et il la laissera poireauter au café. Il doit bien y avoir une autre boulangerie dans le quartier. Ce n'est pas la mort, tout de même.

Il pousse la porte de son immeuble et se fige dans l'embrasure. Dans le hall sombre, se tient une silhouette enveloppée d'un pardessus qui traîne presque par terre. La tête pivote vers lui et deux yeux pointent de l'ombre.

« Vous habitez l'immeuble ? » Un ton inquisiteur de vieux bonhomme rogue.

Il répond par réflexe, c'est peut-être la police, ne pas manquer de respect, être obéissant, servile.

« Oui, monsieur. »

« Ah. Vous devez être le nouveau. »

« Oui, monsieur. »

« Depuis le temps que j'habite ici, je connais tout le monde. Je suis un peu le gardien, même si je suis pas payé pour ramasser les cochonneries… »

« Pas de problème, monsieur. »

Le vieux le toise de haut en bas et hoche la tête.

« Vous êtes pas contrariant, au moins. Bon… Vous vous plaisez dans le quartier ? Et avant, vous créchiez où ? »

C'est une question piège ? Le visage émerge à peine de l'obscurité, seuls les deux yeux brillent comme le mal.

« Je vois. Je vais vous donner un conseil. Profitez-en, c'est gratuit. Ne cherchez pas de noises aux voisins. Dans l'immeuble, il y a des personnes pas très recommandables. Je ne vous en dis pas plus, mais vous pouvez me croire. C'est la faute au nouveau maire et ses idées libérales à la noix. Un jour, ça nous pétera à la gueule. »

Le long pardessus attrape son filet à provisions et se dirige vers la cage d'escalier. Un soupir devant la volée de marches et il lâche :

« Il y a un paquet pour vous. Arrivé depuis trois jours. À votre place, je laisserais pas traîner mes affaires. Ça tente le diable et après, c'est pas content quand les choses disparaissent. »

L'ascension commence, deux pieds sur chaque marche, et il souffle entre ses dents.

« Trente ans que j'en vois passer, des hurluberlus. C'est pas parce qu'ils ont refait le quartier que les gens vont changer. Qu'est-ce qu'ils croient, qu'un coup de peinture va transformer l'enfer en paradis ? »

La silhouette s'évanouit dans le virage de l'escalier. Il entend le pas pesant sur le palier du premier, la clé dans la serrure et la porte se referme.

Les boîtes aux lettres lui font face, hostiles. L'ouverture si étroite qu'on ne peut y passer la main sans s'arracher la peau, la serrure sur le volet métallique comme des mini-cellules, avec un numéro et parfois un nom griffonné sur un papier raturé. Il ne sait même pas laquelle est la sienne. Sur le dessus du meuble, un fatras de poussière, de prospectus et un paquet enveloppé dans du kraft, de la taille d'une boîte de conserve. L'adresse est inscrite sur une étiquette, du genre de celles qu'on colle sur les manuels scolaires. Il reconnaît l'écriture penchée, de grandes lettres tracées avec une application maladroite. Le cachet de la poste confirme, ça vient de Besançon.

Il monte jusque chez lui. Par expérience, il n'aime pas les surprises. Il retire sa veste, ses chaussures, vide ses poches. Sur sa feuille de route, le message griffonné lui rappelle le visage de Paloma derrière son comptoir, la dizaine de paires d'yeux qui le dévisagent, la difficulté à être. Il froisse le papier, lance la boulette dans la poubelle et hésite. Il devrait en faire de même pour le paquet. Que peut-il lui arriver de bon, qui plus est par la poste ? Il secoue le paquet, ça ne fait aucun bruit.

Il fait une place entre deux pendulettes et le dispose de façon à voir son nom depuis le canapé. Il passe la fin de la journée à épuiser ses yeux sur les lettres tremblotantes.

À vingt-trois heures dix, ça recommence. Dans la lumière jaune et avec une théâtralité excessive, le corps en face se dénude et tourne autour d'un axe, comme manœuvré par une manivelle, cinématique inquiétante qui entraîne la silhouette dans un mouvement spiral. Il est de nouveau l'objet d'une force équivoque qui le dépossède. Ce qu'il voit n'est pas ce qu'il y a *réellement* à voir. La présence est factice, il le sent, l'image ment, mais que dit-elle, que faut-il voir ? La vision est illusion. Elle masque une image latente, une autre vérité. Il est le jouet d'un processus opaque dont il ignore les règles. On le mène en bateau, de nouveau. Il est fait comme un rat.

Dès qu'on a frappé à la porte, il a su qu'il y avait un problème. Ça ne ressemblait en rien à la façon de Sybille Loiseau, qui tape deux coups secs. Il est resté sur son canapé, à ne pas savoir quoi faire. Ça a recogné, quatre fois, des coups impatients, comme du poing, puis on a appelé à travers la porte, une voix d'homme pas là pour plaisanter, ouvrez, et de nouveau les quatre coups opiniâtres, c'est l'association, ouvrez !

Il entrouvre la porte, et, sur le palier, un colosse au faciès querelleur. Bonjour, je me présente, Robert Paternoster, je suis le remplaçant de Mme Loiseau, laissez-moi entrer, c'est moi votre travailleur social à présent.

En deux enjambées, le colosse est au milieu de la pièce. Sans rien demander, il se dirige vers la table et s'installe comme un habitué des lieux. De sa sacoche élimée, il sort un dossier – pas de doute, c'est celui de Sybille Loiseau – qu'il plaque sur la table. Voyons voir, il compulse les pages en léchant son index et quand il a fini de suçoter sa paperasserie, il relève la tête et aboie, asseyez-vous.

Il obtempère, abasourdi par l'intrusion. Il avait imaginé foule de scénarios pour la prochaine visite de Sybille Loiseau, le pire s'achevant dans une mare de sang – leurs deux rhésus mêlés sur le lino –, mais ça… Le colosse bougonne, avec une saleté d'accent du Sud, et, entre deux feuillets, lui lance un regard boiteux, il a un problème avec sa pupille droite, elle reste coincée à l'intérieur de son œil tandis que la gauche s'agite en roulis.

« C'est pas de gaieté de cœur que je récupère les dossiers de Mme Loiseau, je vous prie de me croire, comme si j'avais pas assez des miens, mais bon, on l'a mise à pied, faut bien assurer derrière, oui, du jour au lendemain, notez, on est quand même soulagés à l'association, ça faisait longtemps qu'ils auraient dû le faire, de vous à moi, il semblerait que Mme Loiseau ait quelque peu abusé de sa position et rencontré un certain succès dans des entreprises de séduction, vous par exemple, je ne vous demande pas, mais je suppute l'affaire, elle a dû vous embobiner, et peut-être même avez-vous accepté, comment refuser, c'est pas humain pour un gars *comme vous*, et ensuite, elle se plaignait que les ex-détenus la chahutaient, tu parles, nous, on savait ce qui se tramait depuis des lustres, mais avant qu'on nous entende, elle en a tripoté, des bonshommes… Si c'est pas malheureux, la réputation de l'association traînée dans la boue, et nous qui nous défonçons pour des clopinettes… »

Robert Paternoster sort un stylo et la mitraillette de questions fait feu. Bilan depuis la dernière visite, compte rendu des journées de travail, visites à des amis, à la famille, il prend des notes appliquées malgré la brièveté des réponses, humeur générale de 1 à 5, appétit, menu de la veille, constipation, migraines, insomnies, rapport sexuel ou masturbation, consommation de cigarettes, somnifères, rappel des règles essentielles d'une conditionnelle réussie et rendez-vous dans quinze jours.

Le molosse est parti, mais l'odeur aigre d'eau de Cologne mêlée à une hygiène approximative témoigne qu'il n'a pas rêvé. Envolée Loiseau. Il est entre les mains de Robert Paternoster dont on ne sait pas quel œil regarder et qui parle comme Fernandel – il le vouvoie, maigre consolation. Il ne peut s'empêcher d'avoir une pensée pour Sybille Loiseau. Malgré tout, il s'était en quelque sorte accoutumé. Au fond, elle était la seule à qui parler. Aujourd'hui, il aurait pu lui raconter Momo et les poissons d'argent, il aurait pu montrer la croix en fer qu'il a gardée dans le dos pendant trente-six heures parce qu'elle lui donnait des ailes, il aurait pu décrire le regard de Paloma, trouble comme un cours d'eau boueux, et son invitation dont il ne parvient pas à se défaire, il aurait montré le paquet qu'il n'ouvre pas parce qu'il sait qu'il n'y a rien qui puisse lui rendre ce qu'il a perdu, et s'il avait été assez audacieux, il aurait raconté l'érection qui pousse comme une épine quand la voisine s'exhibe, c'est une habitude à présent, à croire qu'elle est devenue alcoolique, ou épileptique, chaque soir, après dîner, il a droit au striptease et à la frustration d'une jouissance trop rapide. Et même s'il sait qu'au bout du compte, il aurait gardé le silence, Sybille Loiseau était une possibilité, une chance infime qu'il viendrait presque à regretter maintenant qu'il n'a plus personne. Qu'il se plante devant sa fenêtre tous les soirs sans exception, il n'y en a pas un pour le voir. Même s'il se mettait à brailler par les battants ouverts, s'il suppliait, regardez-moi ! il ne se passerait rien. Il pourrait bien se pendre à son balcon que son cadavre resterait des jours à ballotter sous les yeux de ses frères humains indifférents. Même les corneilles dédaigneraient ses orbites putrides.

C'est à cet instant qu'il a senti l'espace se rétrécir.

À mieux y réfléchir, ça avait débuté la veille, à la cafétéria du centre commercial où tous les vendredis, ils vont déjeuner. À peine arrivé, il s'est précipité vers le buffet de hors-d'œuvre, impatient à la vue de l'abondance des saladiers. Quand il est revenu à la longue table avec son assiette surchargée, ses collègues étaient déjà en train de manger. Il a saisi ses couverts, et là, alors que dans sa paume droite il a senti la lame du couteau et dans la gauche, les dents de la fourchette, l'air s'est comprimé autour de lui. Il est resté idiot, les manches de ses couverts brandis vers le plafond comme deux baguettes chinoises. Son voisin – un cariste de l'après-midi qu'il connaît à peine – lui a jeté un œil moqueur, ils ont rigolé avec un autre gars, quelle bonne blague ! puis il a enfourné une bouchée de céleri rémoulade – lui tenait sa fourchette dans le bon sens.

Il n'aurait pas fait attention s'il n'y avait eu que ça. Mais ça a continué le soir même au Lavomatic, quand sont entrés quatre types pendant qu'il attendait la fin de sa lessive. L'un d'eux a donné des ordres nerveux, les autres ont déballé du matériel et installé des lumières sur des trépieds. Personne ne semblait être là pour son linge, mais il lui restait encore vingt minutes – et on ne sait jamais ce qui peut arriver quand on laisse ses affaires sans surveillance. Une créature irréelle a alors fait irruption, les cheveux courts, presque blancs, en short de satin et boots de cowboy. Une beauté à vous couper le souffle. L'homme énervé s'est mis à prendre des photos de la pin-up, de face, de dos, jambes croisées, jambes écartées, assise sur une machine, sur le banc, près de lui, et ils lui ont demandé si ça ne le dérangeait pas d'être sur les photos, c'est pour un magazine de mode, vous n'avez rien à faire si ce n'est cette décharge à signer, surtout ne changez rien à votre air, c'est parfait, *come closer darling*, oui, *super great*, *put your head on his shoulder*, énorme, tu vois, parfois, on a du bol, on tombe sur une vraie tronche. L'air s'est raréfié dans la laverie et il a pensé qu'il allait y avoir un drame.

Maintenant, il y a Robert Paternoster et son œil qui dit merde à l'autre. L'espace continue à se resserrer. Finalement, tout se réduit à neuf mètres carrés.

Il ne s'était jamais rendu compte que, quand il est assis à sa table, il peut toucher de sa main droite le mur et de sa main gauche le petit bar qui délimite le coin cuisine. Idem dans la salle de bains, ses bras tendus atteignent les murs opposés. Sur le canapé, il a à peine de quoi se tenir assis. Des revenants vont, viennent et se pressent contre lui ; Sybille Loiseau le nargue de ses yeux fauves et se frotte à ses mollets comme le chat noir des voisins ; Momo se bidonne et mime une façon grotesque de pêcher ; Paloma lui fait signe de la main – elle met du sang partout ; sa voisine tourne sur elle-même comme une marionnette, raidie dans sa nudité, une couronne de roses sur les cheveux. Sur les étagères, le cafouillis de tic-tac résonne dans le bois, même ses horloges le trahissent et ne donnent plus la bonne heure.

Le message est clair et net, mathématique. Qui va à la chasse perd sa place. Il a mal agi, il a payé et repayé, mais la punition dure sans que jamais ses compteurs ne se remettent à zéro. C'est un cycle sans fin, un ascenseur qui tourne en boucle dont il ne peut pas descendre. Il ne sera jamais quitte. Il est devenu une matière périssable dont il a l'intuition de l'autodestruction imminente. Il n'a plus le choix.

Il n'a que deux options.

Soumettre ou être soumis.

Comment a-t-il pu oublier la leçon ? Depuis le temps, il devrait connaître la chanson. Le respect se gagne en proportion du potentiel de violence qu'on est prêt à déployer. Toujours laisser penser qu'on est disposé au pire. La peur qu'on inspire aux emmerdeurs les maintient à distance – tant pis si votre haine finit par vous bouffer vous-même. Il n'a pas su tenir Sybille Loiseau à distance. Ni Paloma. Ni sa voisine. Ni Momo. Il ne leur a pas fait assez peur. Il les a laissés s'approcher, le renifler, le tripoter – et ils se sont crus tout permis. On n'arrive à rien, les mains jointes. Mâchouiller ses joues, téter son sang, s'écraser, encore et toujours. Il n'est qu'un lâche. Un faible. Il a besoin d'une bonne correction. Voilà une baffe, qu'il s'envoie sur la gueule, et une deuxième sur l'autre joue, encore une, il se baffe de plus en plus fort, des deux mains bien envoyées, un type comme lui ne mérite que des baffes.

La seule issue, c'est la violence. Tirer sa révérence, comme son père, ou tirer dans le tas. Il faut choisir.

Il se lève, attrape la barre à mine qu'il s'est confectionnée et descend à la cave. Ses jambes connaissent le chemin par cœur, il avance sans hésiter dans l'obscurité jaunâtre, toujours plus profond. Il tente des intrusions par de nouvelles trappes, soulève des grilles, emprunte des puits verticaux, dans l'épaisseur d'un mur découvre des escaliers. Parfois la cavité se fait plus étroite, il progresse en rampant. Aucun détail ne lui échappe. Ici, un anneau épais comme le pouce, fixé dans la paroi rocheuse – qui y a-t-on attaché ? Là, une porte dans un angle obscur, qu'il défonce avec son pied-de-biche. L'heure, l'orientation, la motivation s'abolissent. Il cesse de compter ses pas, s'emplit les poumons d'humidité et se perd dans l'enchevêtrement des boyaux. Au hasard de son exploration – mais qui croit au hasard ? –, il pénètre comme un initié dans les secrets des habitations. Où est-il ? Serait-ce la cave d'un immeuble d'angle, juste à côté de la pizzeria Mario ? Comme l'auraient voulu les bâtisseurs du souterrain, il visite le salon plongé dans le noir, plus léger qu'un esprit grimpe les escaliers, il se penche sur les corps endormis, hommes, femmes, enfants, chats, chiens, hamsters, il écoute le souffle régulier des dormeurs et caresse les chevelures éparses sur les oreillers, blondes, brunes…

Quand il reprend ses esprits, il est allongé sur son canapé, nu. Ses vêtements sont éparpillés sur le sol. Il grelotte. Il doit se dépêcher, c'est presque l'heure d'aller bosser. Sur ses mains poisseuses, du sang séché. Il a dû se blesser contre la pierre. Sous la douche, il savonne son corps endolori. Il monte la température de l'eau jusqu'à s'ébouillanter.

Le rendez-vous est demain. Il zone dans le quartier, rôde autour de la boulangerie tout en l'évitant, empêtré dans ses pensées confuses, et finit par entrer dans le Leader Price. Au son des promotions braillées au haut-parleur, il traîne les pieds, se heurte aux étalages, fait tomber quelques paquets et se retrouve dans le rayon des conserves de poissons. Il n'en peut plus, de cette bouffe pour chats. Ce qui lui faudrait, c'est une viande bien juteuse, épaisse comme sa main, qui lui donne le courage d'aller affronter Paloma. Il entrerait dans cette putain de boulangerie, la regarderait droit dans les yeux et lui balancerait, pas la peine de m'attendre, je ne viendrai pas, ni demain, ni jamais.

Il fourre des boîtes dans son Caddie et se dirige vers la caisse. À l'extrémité de l'allée principale, il y a un meuble dans lequel des baguettes de pain s'alignent comme des fusils dans une armurerie. Il en attrape une, elle est molle, trop blanche, sûrement de la veille. Il se place dans la file d'attente. Devant lui, deux mémés.

« Rien, pas un coup de fil, pas un mot, rien. »

« Ils ont essayé de l'appeler ? »

« Injoignable. Elle n'est pas venue, ni hier ni aujourd'hui. Elle s'est vo-la-ti-li-sée. »

« Ah, c'est beau, la jeunesse d'aujourd'hui. »

« Et s'il lui était arrivé quelque chose ? »

« Ils attendent encore vingt-quatre heures et s'ils n'ont pas de nouvelles, ils préviennent la police. »

« C'est dommage, je l'aimais bien, moi, cette Paloma. »

« Ce serait moi, je n'attendrais pas, j'appellerais la police tout de suite. Avec tout ce qu'on entend, on ne sait jamais. »

« Monsieur ?… Monsieur ? Vous avancez ou quoi ? »

Il ne sait plus où il est. On le dévisage comme s'il était un zombi, et peut-être en est-il un, à peine sorti de sa tombe qu'il doit y retourner, qu'attend-on de lui, cette caissière aux yeux torves, ces naines bossues, il ne parvient pas à sortir la main de la poche, ça fait ventouse, à grand-peine il dépose ses courses sur le tapis et la fille soupire, pff, y en a qui sont vraiment pénibles, le bip du scan identifie ses achats, douze euros trente, par carte ? La caissière a balancé de l'autre côté sa baguette et, négligente comme une novice ou malfaisante comme un serviteur du diable, elle a retourné le pain à l'envers. Voilà. Son sort est scellé. Il sort du supermarché, lesté du pain maudit et totalement abattu.

Une malédiction supplémentaire vient de s'abattre sur ses épaules. Paloma s'est volatilisée. Dans un alambic géant, elle s'est distillée, sans même laisser derrière elle la moindre vapeur ou matière sèche. La reine d'Angleterre va prévenir les flics. Il va y avoir enquête. Ils commenceront par le voisinage. Quand ils recouperont avec l'immeuble des ex-taulards, ça ira très vite. Il y aura un délateur pour témoigner, on le voyait tous les jours à la boulangerie, il lui tournait autour, lui faisait des signes par la vitrine et, du jour au lendemain, on ne l'a plus revu, disparu, si c'est pas louche, ça… Paloma s'est volatilisée la veille de leur rendez-vous, impossible de ne pas y voir une relation de cause à effet. La boucle est bouclée.

Il marche au hasard des rues et ses pas le mènent dans les quartiers où l'on trouve l'embrouille. La nuit est tombée, ou bien sont-ce ses lunettes au verre si sombre, il enfonce ses mains dans ses poches où il y a ce couteau à la lame si tranchante, il joue avec le bouton de sûreté, il bouscule une épaule, et du plat de sa main gantée frappe le cuir du blouson, il gueule – sa voix, comme avant, féroce –, s'acharne sur le fantoche qui se recroqueville, il serre dans son poing un décapsuleur et détend son bras, une fois, deux fois, des coups précis, lâchés là où la chair est tendre et les veines gonflées d'un sang frais qui ne demande qu'à jaillir quand on tranche net.

Aujourd'hui, demain, hier ? Il rentre chez lui, descend dans le souterrain, se douche, part travailler, et il sort de nouveau. Les rues lui appartiennent, comme avant.

Enroule tes doigts dans ma chevelure blonde.

Vois comme mes cheveux sont doux. Je les ai lavés avec un savon au miel, parfumés à l'amande, on dirait de la fourrure, glisse tes mains dans ma chevelure, à pleines mains si tu veux, tu peux même y mettre le nez, respire comme ils embaument, fais des réserves pour les jours où tu seras seul, tu pourras te souvenir de la mer odorante de mes cheveux, prends ton temps, prends tout ce que tu veux des effluves miellés, c'est pour toi que je suis venue, rien que pour toi.

Caresse la fleur de ma peau.

Aussi longtemps que tu voudras. Là où tu voudras. J'ai frotté et huilé ma peau pour qu'elle miroite pour toi, jusqu'à la plante de mes pieds, je me suis préparée, caresse-moi où tes mains te guident, je sers à ça, tu peux explorer tous mes rivages, je suis à toi le temps de ce rêve, tu ne me fais pas mal, tout me fait du bien venant de toi.

Regarde-moi.

Regarde-moi lorsque je me déshabille.

Je me déshabille pour toi, je danse devant tes yeux, lentement je me dénude, secret après secret, offrande que je te fais. Regarde-moi et regarde comme je te regarde. Je regarde ton visage, tes yeux vert-de-gris, qu'ils sont beaux, tes yeux, je comprends que ta mère ne se soit jamais lassée de plonger dans la brume de ton regard, je vois comme vous avez été heureux, comme tu as été câliné, choyé, et comme tout ça te manque, je vois les plis amers autour de ta bouche, ne laisse pas l'amertume gâcher ta bouche, toi qui aimais embrasser, comme elles étaient jolies les filles que tu embrassais, vous étiez amoureux, je ne te quitte pas des yeux, ne t'inquiète pas, même si tu ne me vois pas, je te regarde, je ne vois que toi.

Il se réveille en sursaut. Le réveil affiche trois heures douze. Il allume. Où est-elle ? Elle lui tenait la main il y a un instant, assise au pied de son lit, elle caressait le dos de sa main et lui parlait de sa voix d'ange. Il se redresse et scrute sa chambre. Où te caches-tu ? Il n'y a personne, elle est partie, pauvre idiot, elle n'est jamais venue.

Il éteint et se rallonge. La chambre est traversée par des arcs électriques, des milliers de décharges aiguillonnent sa chair. Il a entendu sa voix. Tendre, murmurée, réelle. On ne murmure pas ainsi si on n'aime pas. Ils se sont aimés dans le rêve. Dans le silence de sa chambre, les chuchotements bruissent encore. C'est complètement con, un rêve. Même si on sait que c'est bidon, ça sème des graines qui germent et vous empoisonnent.

Se procurer une arme, c'est ce qu'il lui faut. Les décapsuleurs et les cutters, ça suffit. Il n'est plus en taule, il mérite une arme noble, un Glock 17 par exemple, comme celui de Matrix, avec un chargeur ras la gueule et une crosse compacte noir mat.

Et quand il les aura tous dégommés, il se fera sauter le caisson.

La petite trottine devant lui comme si la vie était une fête.

Les chaussures à lacet, longues et fines, raclent le trottoir. La semelle frotte le bitume, un pied sautille tandis que l'autre s'élève, puis c'est l'inverse. Les pieds un peu en dedans, la petite fait des sauts légers sur ses mollets maigres. Elle rentre chez elle en gambadant et le cartable danse sur ses épaules étroites. Il regarde la couette blonde tournoyer, une paille de fin d'été, sur l'élastique rose, une sorte d'animal bonhomme – et il se demande, que me reste-t-il d'humain ?

Les rues sont vides. C'est le milieu d'après-midi. Il ne fait pas très beau. Les mamies et les papis ont fait leurs commissions et sont affalés devant la télé jusqu'au soir. Les papas et les mamans travaillent dans leur bureau, affairés à devenir les chefs d'individus qu'ils méprisent. Les ados sont au café, oublieux de l'heure. Les rues appartiennent aux enfants qui rentrent de l'école et aux prédateurs. S'il allonge le pas, il sera sur elle en quelques secondes. S'il tend le bras, il saisit la couette. S'il attend encore un peu, ils seront devant son immeuble. Il sera simple de l'attraper. Son corps frétillera sous son bras comme un renard pris au piège. Une main en bâillon pour éviter les cris, une autre sous les aisselles, il portera le fardeau léger jusque chez lui.

La petite sautille sur une marelle imaginaire. Un, deux, trois à cloche-pied, les deux pieds écartés, encore un saut, de nouveau les jambes en pont et voilà le ciel, le paradis, elle avance en chantonnant, manteau ouvert même s'il ne fait pas si doux que ça, et les adultes irresponsables laissent les enfants jouer dans les bois pendant que le loup y est. Quand bientôt son souffle sera dans le cou de cette petite qui ne le sent pas s'approcher, que fera-t-il ?

Il est sauvé par une trompette. D'une fenêtre ouverte s'échappe une voix baladeuse, une mélodie céleste qui fait s'arrêter la fillette. Elle s'accroche au garde-corps et grimpe sur la plinthe de briquettes, eh oh, t'es là ? Une frimousse rousse se penche, et voilà deux gamines qui rigolent, me dis pas que t'écoutes du jazz, non, c'est ma mère, elles pouffent de rire et lui continue sa route.

À quoi tient la vie ?

Il traverse le carrefour qui le mène chez lui, sans prendre garde au feu tricolore – il n'y a jamais de voiture à cette heure-ci. Mais le destin lui envoie une automobile qui fonce à tombeau ouvert dans sa direction. Pour l'éviter, la voiture fait au dernier moment une embardée, les pneus hurlent sur l'asphalte et l'engin stoppe à quelques centimètres à peine de ses jambes. Il perd l'équilibre et bascule sur le capot brûlant de la voiture. Il se relève d'un trait. Il n'a pas été touché, mais il est secoué de spasmes. Il se tient au milieu du carrefour, blême comme le ventre d'un cobra. Il a senti dans sa nuque l'haleine de la mort.

Le capot bleu ciel est bombé comme un pot de yaourt. Une voiture rigolote, presque un jouet pour personnes insouciantes qui ne prennent rien au sérieux et surtout pas les passants comme lui. C'est une Fiat. Il reconnaît la carrosserie emboutie et le pare-chocs arraché. Il garde ses yeux rivés sur la peinture azur. Derrière le pare-brise, il devine les mains crispées sur le volant, la sueur qui perle à la lisière des cheveux blonds, la peur panique à la pensée de l'accident évité de justesse, la sollicitude dont il va être l'objet dans quelques instants, dès que la panique se sera dissipée. Surtout ne pas lever la tête. S'éloigner comme si tout allait bien. Ses jambes défaillent. C'est idiot. Aurait-il peur de mourir ? Sous ses roues, ce serait presque un privilège. La rue est silencieuse. Le moteur a calé et le conducteur – la conductrice – ne sort pas s'enquérir de lui. La mort souffle encore sur le carrefour. Est-elle là pour lui ou pour elle ? Il mobilise ce qui lui reste d'énergie pour bouger une jambe, puis l'autre, ne rien regarder que le bitume, un centimètre après l'autre, voilà la pente vers le caniveau, le rebord du trottoir, un effort et sa chaussure droite se lève, il y a une poubelle, enfin une main tendue, il l'agrippe pour se hisser, il a quitté la chaussée, ses pieds se traînent, le mur est son allié, il s'adosse et se laisse glisser jusque son immeuble.

Plus tard dans la soirée, il prend conscience qu'il n'a pas entendu la Fiat redémarrer. Il se demande si elle est toujours au milieu du carrefour et si la mort rôde encore.

Il n'a pas dormi depuis des nuits. Il n'a presque plus de cachetons. Il les économise. Pourquoi ? Il ne se souvient plus, mais il sait que c'est important. Il s'assoupit sur le canapé, pas plus de quelques minutes, il a rêvé, il a vu le chat noir des voisins se métamorphoser en grand fauve, son museau déformé par un sourire sauvage. Il s'est levé d'un bond, très agité, et s'est mis à tourner. Puis il s'est assis à la table et a repris l'ouvrage en cours, un automate à qui il essaie de redonner vie, une de ces machines bien mièvres que son grand-père affectionnait, un garçonnet se penche vers une jeune fille sous une ombrelle et tente de lui voler un baiser, mais il ne peut être question de réparer quoi que ce soit. Il mange un peu – des marrons entiers, à même la conserve. Il regarde en face. La maison de verre est muette. Ben tiens. Soyez heureux, vivez cachés pendant que d'autres crèvent sous vos yeux, sous vos pneus.

Il s'assied sur le bord du canapé, le buste penché en avant, jambes écartées. Il tient dans sa main droite la croix en fer et frappe en cadence contre sa paume gauche. Il compte. Cent, c'est trop peu, mille, c'est mieux. Quand il arrivera à mille, il fera quelque chose. Son pied bat la mesure. Ses yeux fixent le lino. Il rive son regard sur une fissure, comme s'il était une fourmi funambule. Contre sa peau rougie, la croix scande le temps assassin.

Peu après neuf cents, on frappe à la porte. Il sursaute et s'emmêle les pinceaux dans son compte. Putain, va falloir reprendre à zéro. Il ne reconnaît ni les coups de Sybille Loiseau ni ceux de Robert Paternoster. C'est encore un autre style, comme un frottement, à peine effleuré. Il attend, la clé amarrée dans sa main, bien calé sur ses deux pieds, prêt à bondir et à exploser le crâne de l'intrus.

Ça racle encore sur sa porte. Un gars de l'immeuble sans doute, en mal de compagnie, ou de sel. Peut-être le vieux de l'autre jour, celui qui se prend pour un gendarme et qui distille ses conseils aigris. Il va lui faire sa fête à ce connard. Qu'il essaie encore. C'est lui qui va payer pour ces trois mois, pour ces huit années, pour sa vie mort-née.

Ça insiste. Tant pis pour l'emmerdeur. Fallait pas se pointer au mauvais moment. Il se lève, avance, serre le poing autour du manche métallique et assure sa prise. Il ne va pas le rater. Il redresse son bras armé et ouvre la porte d'un coup sec.

La lumière fulgure de toutes parts, c'est jaune, c'est doux, flamboyant, c'est un ruissellement de soleil sur un sable blond, ça resplendit comme un champ de printemps, ça l'éblouit, et la croix de fer fond sous l'effet de la chaleur, il la sent se recroqueviller dans sa main, son bras se détend, devient tout mou et vient se relâcher contre son corps.

Il dit, entrez.

Deuxième partie

« Dans la fourmilière, c'est l'ultra-moderne solitude. »

Alain SOUCHON

« Tourner en rond alors que j'ai une tonne de boulot, ça me rend cinglé… Tu as de la chance que je ne m'énerve pas. »

Elle attrape une éponge et donne un coup sur le plan de travail en ardoise. La pierre est splendide. Du solide, qui ne craint rien. Parti pour durer cent ans. Oui, elle a de la chance.

« Qu'est-ce qu'ils foutent, ces abrutis ? Tu t'es gourée de jour ou quoi ? »

Il parvient à la faire douter. Hier encore, elle a eu le garde-meuble au téléphone. Peut-être n'a-t-elle pas indiqué la bonne adresse ? Allons, donner un rendez-vous, c'est à la portée de la première sotte.

« J'aurais dû aller bosser, j'en étais sûr, ça ne sert à rien que je sois là. Je n'ai pas que ça à faire, moi. »

Ça lui passera. Il est stressé par le déménagement, le contraire serait étonnant, et son travail en plus… Son portable sonne. Justement, c'est le boulot. Ça va le détendre. Il prend une voix suave et s'enferme dans la buanderie, pour l'écho. Dans les pièces vides, tout résonne, c'est insupportable. C'est vrai, à la fin, qu'est-ce qu'ils fabriquent, ces déménageurs ? Elle donnera moins de pourboire, tant pis pour eux.

Elle reste seule et fait quelques pas dans le salon. Quarante-cinq mètres carrés. Trois mètres trente sous plafond. Beaux volumes. De larges baies vitrées donnent sur le jardin. La couleur des murs est chic, un blanc mat un rien cassé de gris. Ils appellent ça « Riz ». Elle a bien fait de ne pas prendre « Lunar », avec le « Cappuccino » des portes, ça n'aurait pas rendu. Ils gagnent cent mètres carrés par rapport au boulevard Murat. Ils n'auront pas assez de meubles, c'est certain. Elle va devoir faire les boutiques, les antiquaires, peut-être prendre une décoratrice, avoir un avis sur tout, tenir tête aux excitées qui voudront lui faire acheter n'importe quoi à n'importe quel prix. Caspia miaule et vient se frotter contre sa jambe. Elle se penche et prend le chat dans ses bras. Viens ici, ma panthère noire, tu vas t'habituer, ne t'inquiète pas. On va s'y faire. Elle caresse son poil ras, brillant comme du cuir. On va s'en sortir.

Quand elle a montré la maison à Maman, celle-ci s'est inquiétée.

« Valériane, la banlieue, tu n'es pas sérieuse ? On entend tellement d'horreurs… Et les écoles ? Les fréquentations des filles… Non, vraiment ? »

Elle a essayé de la rassurer, a vanté l'excellent collège privé à deux pas, mais Maman n'écoutait pas.

« Pourquoi n'êtes-vous pas restés dans le quartier ? Regarde ta sœur Iris, juste en face du lycée, et le métro, les commerçants qu'on connaît depuis toujours… C'est pratique, je prends le 32 et hop ! »

Elle a tenté d'amadouer Maman avec les chambres des enfants. Ceux d'Iris n'ont pas chacun la leur, sans parler de Camélia qui vit sous les toits dans d'anciennes chambres de bonnes assemblées en appartement biscornu. Aucune de ses sœurs n'est aussi bien installée qu'elle. Mais elle n'a pas convaincu Maman. Ce n'est pas grave. Maman distribue les bons points et les blâmes. Elle a l'habitude de batailler pour obtenir l'assentiment de Maman, d'échouer, de recommencer. C'est l'histoire de sa vie.

« C'est bien Bruno, ça… Cette maison est *disproportionnée*. Pour vous quatre, à quoi bon si grand quand c'est loin de tout et mal famé… Ça va vous coûter une fortune en ménage… Et Bruno qui n'a jamais touché à un sécateur… »

Maman n'aime pas Bruno. Depuis le premier jour, tout ce que fait Bruno est sujet à la critique. Il dit « Qu'est-ce qu'on mange ? » comme si nous étions des animaux, coupe sa salade au couteau, porte des chaussettes courtes… Maman regarde avec dédain ses chemises cintrées, sa manie d'attacher ses billets avec une pince – en or de surcroît. *Marie-toi dans ton pays, dans ta rue et dans ta maison si tu peux*. Elle a désobéi au précepte en allant dégoter Bruno à la fac. Oui, elle savait qu'il n'était pas de leur milieu. Non, elle ne changerait pas d'avis. Bruno était son choix, il fallait le respecter. Elle avait le droit de se marier avec qui lui plaisait, tout de même, on n'était plus au XIXe siècle. Maman, je l'aime, avait-elle argumenté pour clore la discussion. Ma fille, que vient faire l'amour dans tout ça ? avait rétorqué Maman.

Il y a un an, Bruno est rentré du bureau en annonçant qu'il venait d'acheter une *immense* maison, presque un château. Il a sorti son ordinateur et s'est connecté. Les filles se sont extasiées devant les photos. Il faut dire qu'elles étaient magnifiques – le jardin baigné de soleil, les transats rayés sous le parasol en teck, la cuisine sans un ustensile apparent, le sous-sol aménagé en salle de jeux… La maison du bonheur. Elle est restée sans voix. Comment avait-il fait ça, acheter une maison sans qu'elle se doute de rien ? Puis elle s'est laissée gagner par la joie familiale et l'enthousiasme de Bruno, les deux étages, l'immense garage et ses projets pharaoniques de domotique. Il a demandé, exalté, presque intimidé, alors, tu en penses quoi ? Elle a attendu quelques secondes pendant lesquelles le sol se faisait mou sous ses pieds et a répondu, pourquoi la banlieue, pourquoi pas Paris ? Il s'est énervé, pourquoi faut-il toujours que tu sois insatisfaite, tu crois que je suis Rothschild, à ton avis, une maison *comme ça*, ça vaut dans les combien, à Paris ? Et le jardin ? Ça se trouve, un jardin *comme ça*, à Paris ?

C'est *comme ça*. Maintenant, elle habite une *immense* maison en banlieue. Pendant les travaux,

Bruno a dit, on va leur montrer, à tes sœurs, à ta mère, qui a fait le bon choix. Achète sans compter. Fais-toi plaisir. Sur le coup, elle n'a pas compris. Se faire plaisir, comment ? Dans sa famille, plaisir a toujours rimé avec restriction, la privation ayant cette vertu inépuisable qu'un rien hors de l'ordinaire peut vous mettre en joie. Bruno a coupé court, prends ce qu'il y a de plus beau et arrête avec tes principes à la con, tu nous emmerdes. Elle a choisi les carrelages, les pierres, les tissus, prise de vertiges quand elle signait les factures. Je vais faire de cette maison un endroit inouï et tu verras, tu seras la femme la plus enviée de Paris. Mais quand elle a fait visiter sa nouvelle maison à Maman et à ses sœurs, elle n'a récolté que des commentaires affectés comme si elle était la représentante de l'agence immobilière. Trop grand, trop clinquant. Maman n'aime rien moins que l'argent qui se voit. L'argent, c'est comme les bonnes manières. Soit il vous vient de la famille, soit il ne vaut rien. C'est *comme ça*. Elle est la femme d'un homme devenu riche, et l'argent appelant l'argent, ce n'est pas prêt de s'arrêter.

Enfin, les voilà. La sonnerie fait « ding dong », un carillon comme dans les films américains, comme chez les Ewing, à Southfork. C'est marrant. Il faudra qu'elle le raconte à Iris. Elle clame d'un ton enjoué :

« Les déménageurs sont arrivés ! »

Personne ne répond. Bruno est toujours au téléphone. Les filles à l'étage courent de chambre en chambre, folles de joie. C'est un grand jour pour sa famille. Cette maison est la consécration du succès de Bruno. S'occuper de la nichée. Faire en sorte que chacun se sente bien. C'est sa mission. Le reste est sans importance.

Ils sont six. Des déménageurs dans toute leur splendeur, mal fagotés, déjà de mauvais poil. Un accident sur le périph. Trois quarts d'heure d'embouteillage. Comme si c'était son problème. Souriante, elle leur propose à boire. Rester aimable en toute circonstance, ne pas oublier qui on est. Et si les déménageurs sont énervés, ils vont bâcler, faire de la casse.

Elle apporte la bière achetée pour l'occasion. Les déménageurs aiment la bière. Même à neuf heures du matin. Ils descendent leur canette quasi d'un trait.

La rue est minable. Aucun standing. Elle jette un œil aux alentours. Mieux vaut ne pas s'attarder sur les détails. Tout est laid. Les immeubles ouvriers, le bitume rafistolé à la petite semaine. Elle ne veut même pas imaginer les voisins. Leur maison est un ovni. Il va falloir apprendre à vivre avec des œillères. Elle partira le matin sans rien voir et quand elle rentrera le soir, elle fera comme si plus rien n'existait. Comme si leur maison était une île au milieu de l'océan. Et elle va conseiller aux filles d'en faire de même. *Chacun dans son pré et les veaux seront bien gardés.*

En rentrant dans la maison, elle entend les déménageurs rigoler dans son dos. Décidément, tout le monde a le cœur à la fête aujourd'hui. Si seulement la gaieté était contagieuse.

Encore un carton. Et un autre carton. Comment peut-on accumuler autant dans une vie ? Bouger, changer, faire et défaire. C'est la cinquième fois qu'ils déménagent depuis leur mariage. Toujours plus grand. Toujours mieux.

Il est treize heures. Bruno vient de partir au golf. Ne déballe pas tout, ma chérie, je t'aiderai en rentrant, a-t-il crié depuis le garage. Elle a entendu les pneus de sa voiture sur l'asphalte. Il était pressé de se détendre, retrouver ses amis, penser à autre chose. Elle sort sur le perron et allume une cigarette. Elle fume trop ces derniers temps. Son dos la fait souffrir. Elle a besoin d'un massage, mais son prochain rendez-vous n'est que dans trois jours. Dans le jardin, ils ont laissé le mobilier qui ne plaît plus à Bruno. Il en a assez de vivre dans une brocante. Il veut du contemporain, de l'épuré, tout changer, ne plus voir leurs meubles de vieux. Il fait gris. Des meubles posés de guingois sur la pelouse émane une tristesse insondable. Pourvu qu'il ne pleuve pas. La rue est silencieuse, abandonnée, pas un passant, pas une voiture, comme s'ils avaient atterri au fond du monde. D'une pichenette, elle envoie son mégot de l'autre côté du portail. Ça fera du boulot pour les balayeurs. De toute façon, dans le quartier, on ne doit pas être très regardant sur les incivilités.

Les filles réclament leur déjeuner. Elle manque à tous ses devoirs. Le réfrigérateur est vide. C'est inscrit sur l'écran fiché sur la porte. Il y a des écrans partout dans cette maison. Partout des boutons, des voyants, des télécommandes auxquels elle ne comprend rien. Pour allumer une lampe, il faut pianoter sur une console. Bruno exulte. On peut réguler l'intensité et la teinte des lumières. La domotique, c'est son rayon. Il a fait de leur maison son showroom. Et elle ne sait pas régler la température de la douche.

Hier soir, en se couchant, il a dit :

« Maintenant que nous sommes riches, tu vas pouvoir t'arrêter de travailler. »

Elle n'a rien répondu tant la proposition lui a coupé le souffle. La tête sur l'oreiller, il la regardait d'un air inquiet, comme attristé par son sort.

« Prendre un peu de bon temps, rien que pour toi… T'occuper davantage des filles, de la maison… J'ai envie de faire des dîners, recevoir nos amis, avoir une vraie vie sociale. Pour mon travail, c'est important, on a été trop négligents… Faire tourner cette maison, c'est un travail à temps plein. »

Il a attrapé une mèche de ses cheveux et a caressé sa joue. Son regard s'est embué. Pas de bol, a-t-elle pensé. Avec le déménagement, il devrait être crevé.

« Ta mère serait contente que tu t'arrêtes… La plupart de tes amies ne travaillent plus… À quoi ça rime ? Ce n'est pas pour le salaire qu'ils te donnent, et avec les impôts que j'ai dessus, il y aurait un calcul à faire, je ne serais pas étonné que ça nous coûte plus que ça ne rapporte… C'est quoi, l'intérêt, *franchement* ? »

Il a glissé la main sous sa chemise de nuit et a pincé un sein comme si la réponse pouvait en jaillir. Elle a laissé son regard vagabonder pendant qu'il tripotait sa chair, a cherché l'inspiration dans le décor, mais rien ne collait à son humeur. Trop dorée, la lumière. Trop épaisse, la moquette. Trop profond, le lit. Il faut s'aimer pour dormir dans des draps si soyeux, dans cette pénombre intime. Elle a tourné la tête vers les fenêtres, dans un étirement du cou qui a redoublé les ardeurs de Bruno. Il a installé un système à guillotine, on ouvre les fenêtres en faisant coulisser de bas en haut, ça fait anglais, c'est original. Double-vitrage phonique et thermique. Il ne veut pas de rideaux. Des attrape-poussière. Les fenêtres trouent un orifice noir dans l'ivoire de la chambre, dans lequel elle a imaginé plonger pendant que Bruno s'activait sur elle. Elle proposera des voilages.

Elle sort chercher de quoi déjeuner. Elle marche vite, les yeux sur les trottoirs criblés, ne relevant la tête qu'aux croisements, évitant le spectacle des façades noircies par traînées, les impasses qui s'enfoncent dans la grisaille. La rue commerçante est à dix minutes à pied – magasins misérables, commerçants obséquieux, aux abois, plantés devant leurs maigres étals de pommes, d'oranges, de patates tavelées. Elle ne va pas se casser la tête, ce sera sandwich pour tout le monde – elle ne sait pas faire fonctionner le four. À la boulangerie, des visages fripés, des silhouettes sans élégance, aucun goût, nulle part où poser ses yeux. Une clientèle bon marché qui la déclasse. Elle prend des religieuses au chocolat pour les filles. Elles sont presque deux fois moins chères qu'à Paris – et elles ont l'air bonnes. La boulangère endimanchée lui décoche un sourire mielleux. Dire qu'il va falloir affronter ce cirque tous les jours.

Elle est sortie sans prendre les clés. Idiote. Dix minutes de ding-dong texan avant qu'un enfant vienne ouvrir.

Elle regarde ses filles chéries dévorer. Chimène avale la pâtisserie comme si sa vie en dépendait. Lola se lèche les doigts. Comment font-elles pour avoir faim ? Chimène, vive et fine jeune fille. Lola aux joues dorées. Mes poussins. Mes anges blonds. Elles échangent des paroles gaies, l'agencement de leur chambre, l'excitation de tout recommencer, le neuf, le luxe. Elle sourit à leurs facéties, les couve du regard puis, les dernières bouchées avalées, les filles filent dans leur chambre en riant. Elle reste seule avec les papiers graisseux. Caspia bondit sur la table et hume les restes. Elle caresse son dos robuste. Le chat la contemple de ses yeux cuivrés. Mon pauvre prince, te voilà bien perplexe, toi aussi.

Elle continue avec les cartons et déballe l'argenterie, les porcelaines, les bronzes, la multitude d'objets qui, au fil des ans et des générations, bâtissent une lignée. Le plus précieux, ce sont les photos, qu'elle dispose avec soin. Sa vie résumée en quelques clichés, un chemin tout tracé qui débute dans la joie et l'espoir, puis serpente entre les déceptions, les frustrations et s'immobilise dans l'aigreur et la mélancolie sans objet. Dans le grand cadre en argent, la photo d'un jeune couple devant l'église, lui conquérant, un sourire tout en dents, et elle, plus retenue, le regard solennel, en décalage avec la liesse qu'on devine de part et d'autre, une foule joyeuse, des exclamations, des bravos. Elle place cette photo au centre du guéridon, comme le cœur névralgique de sa vie, et, autour, égrène les satellites. Les photos des filles, équitablement représentées, dont elle sait reconnaître chaque layette, les kermesses, les concours, la fierté dans le regard. Puis les photos de Papa. Il y en a beaucoup. Papa est la blessure de la famille, sa plaie vive. Papa recevant la Légion d'honneur des mains d'un ministre, Papa en mission en Afrique au côté d'un chef d'État bardé de médailles, Papa et Maman, couple magnifique qui a conservé jusqu'à la fin le sourire carnassier des premiers instants – pourquoi n'a-t-elle pas su garder la même flamme ? Les trois sœurs à Villers, se tenant par la main sur la plage, photo trophée d'une légèreté perdue, Iris la parfaite, Camélia la charmante et elle – la godiche, la ni-ni, la toute petite. Bruno et elle, très bronzés, en Thaïlande. Leurs dix ans de mariage. Il avait fait dresser une table sur la plage, juste pour eux deux, avec des bougies et une nappe immaculée. C'est l'année où il a commencé à la tromper.

Elle se laisse tomber sur le lit de Chimène. Il fait déjà nuit. Bruno est rentré, il a allumé la télé, le golf l'a crevé. De toute façon, elle a fini avec les cartons. Chimène est d'humeur délicieuse. Elle virevolte, affairée, range, aménage, elle ressemble à un colibri dans une cage, charmante et désespérante image, combien de désillusions t'attendent, ma fille chérie, elle voudrait la prendre dans ses bras et s'enfuir, toutes deux blotties, cachées, sans parler, sans boire ni manger, juste serrées l'une contre l'autre… Ici ou là, le bureau ? Elle l'aide à décider, sa fille est si jeune, elle n'a pas le droit de troubler son innocence, elle l'enlace et l'embrasse goulûment, arrête, Maman, tu es un vrai pot de colle !

Elle va faire un gâteau, ça lui changera les idées. Ah zut, le four ! Quelle tristesse. Elle s'arrange comme elle peut dans la cuisine, le sourire aux lèvres.

Au moins, au bureau, on la respecte – même si elle n'a pas un poste important.

Elle a fait des études honorables, presque un doctorat, et a très vite trouvé un travail, enthousiasmée par la vie professionnelle et le projet d'entreprise. Tout démarrait bien, mais sa carrière a été plombée par les grossesses et le congé parental après Lola. Quand elle est revenue, on ne l'avait pas attendue pour réorganiser le service. On avait pour elle un poste *formidable*, mais pas avant deux ans, alors en attendant… Puis le poste *formidable* avait été supprimé lors de la réorganisation suivante et on lui avait demandé de patienter encore. Sans doute à ce moment-là avait-elle manqué de motivation, et ce temps partiel qu'elle avait demandé, les mercredis pour les enfants, ça ne faisait pas sérieux. Ses priorités avaient changé après la naissance des filles, elle ne vivait plus que pour ses poussins, les voir grandir, s'épanouir, chaque jour leur apprendre un nouveau mot, les emmener au parc, aller au marché, cuisiner des soupes, les conduire au piano, à l'aïkido, au judo. Leur offrir le meilleur. Qu'elles puissent évoluer dans le monde, bien armées, à la place qui leur reviendrait. Faire honneur à Maman. Forcer l'amour de Bruno. L'admiration de ses amies. Surpasser Iris.

Elle a tout de même une assistante, Marie-Claude, avec qui elle s'entend bien, même si elle la soupçonne de ragoter dans son dos. Il y a un an, le DRH lui a demandé de mieux la visser. Marie-Claude met une *mauvaise* ambiance, lui a-t-il dit, fait preuve d'un *mauvais* état d'esprit. Il faut redresser la barre, lui parler, être ferme – ce qu'elle a tenté de faire lors d'un entretien, mais elle a bafouillé et Marie-Claude a fait son effarouchée. Elle n'a pas réussi à passer le message. Depuis, Marie-Claude a pris une sorte d'ascendant, comme si la maladresse avait renforcé son *mauvais* sang. Elle arbore un sourire effronté, bougonne et se permet de remettre en cause les consignes. Elle fait mine de ne pas s'en apercevoir et compense l'impudence de Marie-Claude par une décontraction accrue. Aujourd'hui, elle lui raconte son déménagement, essaie de la faire rire avec ses histoires d'étagères posées à l'envers. Marie-Claude pouffe, mais elle doute de sa sincérité. Elle déteste attacher de l'importance à ce genre de détails.

Elle travaille pour une compagnie d'assurances, un groupe de cinquante mille collaborateurs sur les six continents, dans un service spécialisé en contentieux maritimes. Quatre personnes depuis la réorganisation, y compris Marie-Claude. Tous sympas. Même quand ils sont débordés, ils se serrent les coudes. Ils vont de temps en temps déjeuner dehors, histoire de changer du restaurant d'entreprise. Il y a du choix, à la Défense. Tout le monde est gentil, personne n'est passionnant. Il ne se passe rien de notable. Elle ne traite pas de dossiers vraiment importants. Rien n'est *formidable*, mais rien n'est catastrophique non plus. Son bureau est au trente-cinquième étage d'une tour dont on ne peut pas ouvrir les fenêtres. Pendant la journée, sa tour se reflète dans le miroir de la tour d'en face et quand la nuit tombe et que les lumières s'allument, le reflet s'évanouit. Les minuscules croisées de la tour voisine laissent apparaître le même décor que dans sa propre cage – un bureau, un ordinateur, une chaise à roulettes. La vision est vertigineuse. Une autre femme en face est rivée à son écran, puis soudain se lève, va à l'armoire, attrape un dossier, revient à sa place. Combien de vies, identiques à la sienne ?

Bruno a peut-être raison. C'est quoi, l'intérêt, *franchement* ? Si elle démissionne, elle ne leur donne pas deux semaines pour la remplacer, qui plus est avec une fille plus jeune qui leur coûtera moins cher. Personne ne la pleurera et dans un an, maximum deux, ils l'auront oubliée. Comment s'appelait la fille du maritime, celle qui rigolait pour un oui ou pour un non, un peu bourgeoise sur les bords ? Attendez, ça me revient… Une blonde maigrichonne, haute comme trois pommes, Valériane Machinchose, c'est ça ?

Malgré tout, elle est attachée à son travail. Certes, depuis qu'ils ont déménagé, elle doit prendre le RER – vingt minutes de calvaire pendant lesquelles elle garde les yeux fermés. Elle n'a pas osé le dire à Maman, mais on ne lui a toujours pas donné de place de parking. Malgré le RER, malgré Marie-Claude, malgré l'absence totale d'intérêt de ses journées, elle s'accroche à son bureau collé à celui de son assistante. Comme la plante verte posée entre elles, elle se tord sur sa tige pour attraper la lumière. Une fois rentrée chez elle, elle ne raconte rien. Bruno ne la questionne pas. Qui serait assez stupide pour s'intéresser aux contentieux maritimes ? Pour faire rire dans les dîners, elle dit qu'elle est la police des sardines et des maquereaux. Ça fait son effet, parfois. Mais au fond, tout le monde s'en fiche. C'est la carrière de Bruno qui mobilise l'attention. La domotique est un sujet passionnant. Il a toujours mille anecdotes à raconter. C'est un beau parleur. Elle ne s'en offusque pas. Elle a ses compensations. Quand chaque mois, ses trois mille deux cent vingt-quatre euros arrivent sur son compte en banque, elle est parcourue d'un frisson qui n'appartient qu'à elle – si on la rétribue pour ses services, c'est qu'elle vaut quelque chose.

Les jours s'enchaînent, une perle puis une autre, ponctués de questions immuables : Que faire à dîner ? Où partir en vacances à Noël prochain ? Doit-elle dire à Bruno que Chimène fume ? Quel pull acheter, le noir ou le gris ? Pourquoi Bruno et pas un autre ? A-t-elle déjà servi sa blanquette aux Bélanger ? Comment en est-elle arrivée là ? Pourra-t-elle gérer l'envie de se laisser couler ?

Sa cuisine lui donne la nausée – c'est un vrai problème. Tout est compliqué à faire fonctionner. Des écrans digitaux. Des commandes vocales. Elle doit parler au four, qui lui-même se connecte au réfrigérateur. C'est ridicule. La froideur de la pierre, la roideur des machines, tout lui coupe l'envie. La panne d'inspiration. Elle entend déjà les filles râler, qu'est-ce qu'on dîne, oh non, pas encore, pourquoi toujours la même chose ? Elle ne parvient plus à prendre ses repas avec elles. Leur appétit insatiable anéantit le sien. Toute cette nourriture ingurgitée. Elle a perdu trois kilos ce mois-ci. Une fois qu'elles sont couchées, elle chipote sur un plateau en attendant Bruno, et quand la clé tourne dans la serrure, un cycle démarre. En boucle, les mêmes phrases, les mêmes gestes, et dans son crâne, les mêmes pensées. Elle écoute Bruno lui raconter les péripéties de sa journée. Elle trempe ses lèvres dans un verre de vin. Seul le chat qui saute sur ses genoux parvient à dissiper son humeur maussade.

Tout a l'air si simple, pourtant. Elle observe Chimène et Lola manipuler avec aisance les machines. Elles s'ébahissent quand leur père leur montre de nouvelles fonctionnalités. Cette maison est fantastique, clame-t-il, et les filles applaudissent. Ils vont et viennent, trois fantômes qui hantent son immense demeure, leurs yeux *mêlés de métal et d'agate* sont des globes lointains dans lesquels sa propre image ne se reflète plus.

Au bureau, elle égare un dossier important. Une saisie de navire. Pas une mince affaire. Elle retourne ses tiroirs avec l'aide de Marie-Claude – qu'elle ne peut s'empêcher de soupçonner. Impossible de remettre la main dessus. Elle est obligée d'en informer sa hiérarchie. Pendant l'entretien, elle s'effraie, ses mains sont gelées. Elle ne parvient pas à fixer son attention, préoccupée par le froid glacial de ses doigts. Son patron la regarde bizarrement, vous allez bien ?

Elle somnole dans le RER. Elle sait quand descendre sans avoir à regarder – elle a ce don inutile.

Elle joue avec les boutons de son nouveau manteau. Ils sont doux, lisses, bien définis. Elle entrouvre les yeux. Son visage se déforme dans les petits miroirs dorés. Vite, refermer les paupières, ne rien voir, ni la femme tassée à gauche, ni le type en face qui lui jette des regards en coin en suant comme un bœuf. Elle rêvasse, convoque des images oubliées ou inventées, elle quitte la Terre. Un après-midi d'été. Du vent dans ses cheveux. Une terrasse de café, où elle écoute le récit d'un inconnu. Une caresse sur sa main, donnée par des doigts ronds, encore poupons. Le lever de soleil sur la plage, elle a enfilé le pull trop grand de l'homme assis à côté d'elle, jeune fille transie à qui tout sourit. Comment la vie aurait-elle tourné si elle avait choisi celui-là ?

Elle rentre à la maison sans un regard pour les rues de son quartier, comme un décor de carton-pâte. Elle garde son parapluie ouvert alors qu'il ne pleut pas. Tu devrais consulter, lui dit Iris, quand, au téléphone, elle n'arrête pas de bâiller. Sa sœur est une encyclopédie. Elle est experte en tout et distribue les instructions, à l'instar des innombrables conseillers bien intentionnés qui l'entourent et lui dictent les bonnes manières, les attitudes et opinions attendues, et surtout qui lui intiment de s'abstenir de tout commentaire. Elle n'a qu'un rôle à tenir. Celui de la femme *convenable*, efficace, douce, toujours prête à répondre à l'appel. Ce n'est pas compliqué. Des milliers de femmes l'ont fait avant elle, des milliers encore à venir. Ne pas faire de vagues, désirer ce que les autres veulent, s'oublier jusqu'à ne plus être capable de savoir ce qu'on pense et qui on aime.

« Je m'étonne qu'il n'y ait pas plus de fous dans les villes. »

Elle a parlé sans réfléchir. Bruno soupire.

« Pas ce soir, je t'en prie. Je suis vanné et c'est la demi-finale de la *Nouvelle Star*. Tu ne sais vraiment pas choisir ton timing. »

Sans doute a-t-il raison. Elle le dérange pour des sottises. Elle fatigue tout le monde, lui, les enfants, Marie-Claude, Maman. Admirable Maman, qui a fait pousser ses trois fleurs alors que Papa n'était plus, sans jamais se plaindre, Maman victime héroïque, le courage fait femme, veuve depuis si longtemps, un peu excentrique, un peu folle – mais on le serait à moins – tandis qu'elle, pas d'effort à fournir, aucune épreuve à traverser. Elle a une chance exceptionnelle. Pourquoi ne garde-t-elle pas le sourire, et le silence ?

Elle se laisse aller sur les coussins. De l'écran accroché au mur se déversent des phosphorescences sibyllines. Chut, lui disent ses conseillers. Tais-toi. Abandonne-toi à la tyrannie douce de l'habitude. Tu es prisonnière volontaire de ton canapé, captive du velours qui diminue ton niveau de conscience jusqu'à prendre les rênes de ta propre vie. On se fiche de tes humeurs. Pour qui te prends-tu ? Ton arrogance n'a d'égale que ta bêtise. Ta prétendue lucidité ne t'est d'aucun recours. Vis comme nous, les yeux cachetés, bâillonnée, mutilée.

Une larme coule sur sa joue, puis une seconde, sur l'autre joue. Elles roulent dans l'encolure de son chemisier, se laissent avaler par l'étoffe. Bruno s'esclaffe. Elle sourit.

« Tu as vraiment le goût du drame. C'est de famille, ça, tu n'y peux rien, ma pauvre petite. Va te coucher. Tu es crevée. »

Elle monte. Impossible de fuir. L'horizon le plus lointain, c'est son lit. De quoi se plaint-elle ? Serait-elle capable d'exprimer ce qu'elle espérait de la vie ? Elle est mariée à un honnête homme, qui lui a donné deux enfants merveilleux, elle a un toit, des amis, un travail, du confort plus que de raison. Que lui aurait-il fallu pour qu'elle soit satisfaite ? La vie l'a comblée au-delà du raisonnable. Elle n'a pas droit à la mélancolie. Aurait-elle dû souffrir davantage pour pouvoir jouir ?

Dans l'escalier, elle s'arrête à la fenêtre. Il fait nuit noire et les lampadaires éclairent à peine. Les immeubles de l'autre côté de la rue paraissent inoccupés, toutes lumières éteintes. Pourtant, il lui semble voir une ombre bouger, juste en face de la maison. Elle attend quelques secondes. Non, il n'y a rien. Rien que la solitude et la futilité de son chagrin. Ce sont tes larmes qui te jouent des tours, ma pauvre petite.

Tous les mercredis, à la brasserie Lorraine, c'est le déjeuner des amies. Marie-Sol, Solange, Alix et elle. Le mercredi, c'est la journée des enfants – mais aussi celle des amies.

Ragots. Rumeurs. Racontars. Qui est fauché et vit au-dessus de ses moyens. Qui a dépensé dix mille euros pour une semaine à l'île Maurice. Qui s'est fait virer, empochant une fortune, non imposable. Comme des détectives, elles mettent à jour leurs fiches. On sait tout des autres. Les autres savent-ils tout d'elle ?

On lui réclame un point sur le déménagement. Oui, la maison est extra. Les enfants sont aux anges. Non, Bruno ne lève pas le petit doigt pour m'aider. Oui, je vais bientôt faire un dîner. Non, je ne suis pas *trop* crevée – elle ne réfléchit pas aux réponses. Tout est calibré. Même à ses meilleures amies, elle ment.

Un quart d'heure sur les enfants. Pas davantage, elles sont des femmes assumées, pas uniquement des mères. Sont-ils contents de leur rentrée ? L'argent de poche, faut-il en donner, à partir de quel âge, combien, ne pas trop les gâter, leur donner le sens de l'argent, c'est *hyper* difficile.

Les prochaines vacances. Très rapide, ça ne change pas d'une année sur l'autre, et les choix, limités.

Un long moment sur le dermato. Collagène. Botox. Acide hyaluronique. Qui s'est offert le laser. Qui a des joues de hamster, complètement ratées. Elles rigolent, un peu aigres, cette femme abîmée pourrait être l'une d'entre elles.

Un détour par les derniers achats. Son manteau rose occupe la conversation cinq bonnes minutes. Elles n'en croient pas leurs oreilles lorsqu'elle annonce le prix. Acheté avenue Montaigne, sur le compte joint. La tête de Bruno quand il verra le prochain relevé. Elle est fière. Elle a transgressé. C'est grisant.

Puis on passe aux maris. C'est le sujet central, la raison pour laquelle le mercredi midi est sacré. Ça ne varie pas beaucoup d'une semaine sur l'autre. Leurs maris sont des goujats. Mais elles les aiment quand même. Donc elles sont des saintes. C.Q.F.D. Rodé comme du papier à musique.

Ça commence en douceur. Les dernières frasques de l'un ou de l'autre. Lequel n'a pas remarqué une nouvelle coupe de cheveux. Lequel a passé la semaine de mauvais poil, a été odieux avec sa belle-mère, ou a oublié l'anniversaire de mariage.

Qui baise, qui ne baise plus, qui baise trop, comment lui dire non sans avoir la guerre. Elles adorent prononcer le verbe « baiser ». C'est excitant, c'est interdit, c'est grossier. Elles sont libres, au-delà des normes bourgeoises, tellement affranchies qu'elles peuvent s'entretenir de tout. La bonne solution, c'est une pipe le samedi matin. Week-end tranquille garanti. Elles rigolent.

Qui trompe, qui ne trompe pas.

« Bruno a recommencé. »

Elle lâche une bombe. Elle sait ce qu'elle fait. Ça les occupera jusqu'au café.

« Non ! ? Comment tu sais ? »

« Avec qui ? La même ? Depuis quand ? »

« J'ai trouvé une facture d'hôtel dans la poche de sa veste. »

« Tu as fouillé ? »

Elle rougit. Elle avait des doutes.

« Quel hôtel ? »

« Arrête avec tes questions, on s'en fout, voyons ! »

« Le Trianon Palace, à Versailles. »

« Tu as bien fait, au moins tu es au courant, le pire, c'est d'être prise pour une conne. »

Parler lui fait du bien. Enfin, on l'écoute, on la plaint. Elle ajoute des détails, pour leur plus grand bonheur. Pour les apitoyer.

« Il était censé être à Lyon pour le boulot. J'ai épluché la facture. Champagne, spa. La totale. »

Son air effondré déclenche un flot de commentaires et d'encouragements. Dis-toi que tu n'es pas la seule. On sait ce qu'on a, on ne sait pas ce qu'on perd. Tu n'es pas si mal lotie. La vie de femme divorcée, c'est un cauchemar.

« Tu n'as qu'à prendre un amant, toi aussi. »

Solange lâche la seconde bombe du déjeuner. La conversation connaît un nouvel élan.

Ah non. Trop compliqué. Pas le temps. Et qui ? Faudrait encore savoir qui. Ce n'est pas comme si les hommes courraient les rues… Qui voudrait de nous ?

« Qui ? N'importe qui ! Le tout, c'est d'être disponible. Si vous n'envoyez pas de signal, on ne vous regarde pas. Mais si vous êtes *open*… Regardez, par exemple, le serveur, il est mignon, non ? Il ressemble à Bill, dans *Master of Sex*. »

« Tu es dingue ? ! »

Solange pose ses mains à plat sur la nappe. Dans ses yeux, une lueur maligne.

« Non, je suis sérieuse. C'est l'idéal, un gars ordinaire. Ni vu ni connu. Juste pour baiser, sans se prendre la tête. Ils nous font chier à la fin, ces mecs. Pourquoi il n'y en aurait que pour eux ? Nous aussi, on a le droit de s'éclater. Œil pour œil, dent pour dent. »

Le serveur est un type pâlot, en sueur. Pas plus de trente ans. Il slalome entre les tables, son plateau à bout de bras. Ses cheveux bouclent dans son cou. Il porte un anneau à l'oreille.

Solange continue. Le ton léger a disparu. La plaisanterie a fait place à l'invective.

« Un jour, on va se réveiller et il sera trop tard. Je n'ai pas envie d'être une de ces quinquas insatisfaites qui pleurent sur leurs occasions manquées. On a encore quelques belles années devant nous, ensuite… Le temps n'attend pas. »

Les filles l'écoutent, amusées, sages, médusées.

« Je nous mets au défi. Trois mois pour prendre un amant. Pas besoin de choisir un beau, un riche, quelqu'un de bien. Chacune fait ça dans son coin, avec qui elle veut. On ne se justifie pas, on n'explique rien. Une seule fois suffit. On fait ça juste pour le fun. Pour croquer dans le gâteau, nous aussi. »

Solange se tait. Un courant d'air froid souffle sous la table et glace leurs mollets. Alix répond la première.

« Je suis partante. J'en ai plus qu'assez d'être la bonne poire qui compte les points sans jamais consommer. Et en plus, j'ai une petite idée de ma cible... »

Elles s'exclament, la pressent de raconter, mais Alix tient à son mystère. Ses joues ont rosi. On a dit qu'on n'était pas obligée de dire avec qui !

Marie-Sol se lance, hésitante.

« C'est d'accord. Je ne suis pas certaine d'y arriver, mais en me forçant un peu... Et moi aussi, je pense à quelqu'un... Pourquoi pas, finalement ? »

Elles éclatent de rire, ont chaud et froid en même temps, c'est excitant, un coup à attraper la mort.

Elle est la dernière à parler. Tous les regards se tournent vers elle. Et toi, Valériane ?

Comme souvent, elle ne sait pas quoi dire. Solange prend un ton compassé.

« S'il y en a une qui doit le faire, c'est toi. Ça fait des années que Bruno s'envoie en l'air avec tout Paris. Tu n'as pas d'amour propre ou quoi ? »

Les filles acquiescent. Solange surenchérit.

« On ne te donne pas le choix, en fait. Tu es notre amie, on a voté, trois sur quatre, on y va. Tu ne vas pas le regretter. Trois mois. C'est plus qu'il n'en faut. Et si ça se trouve, toi aussi, tu sais déjà qui sera l'heureux élu... »

En quittant le restaurant, elle observe les hommes dans la rue. Elle imagine toucher leur manteau, leur dos, leur peau. Peut-on mettre la main sur un corps inconnu ? La ville est peuplée d'hommes, des jeunes, des vieux, des élégants, d'autres que rien ne distingue de la masse silencieuse. Pourrait-elle désirer un sexe dont elle ne saurait rien, un sexe dénué d'amour ? Comment être certaine qu'il soit sain, bienveillant ? Avec quel genre d'homme serait-elle si elle n'avait plus Bruno ? Le même en mieux – ou en pire ? Un autre tout à fait différent ? À quand remonte son dernier amant avant Bruno ? Elle presse le pas vers sa voiture, énervée d'un coup. Elles lui ont embrouillé l'esprit avec leurs bêtises. C'est stupide. L'heureux élu. D'où le sortirait-elle ? Un homme ordinaire, qu'est-ce que ça veut dire ? Ce défi est idiot. Elles vont toutes se défiler. Des grandes gueules, voilà tout. Sur le chemin, elle s'arrête à la boucherie pour le dîner, prendre une belle entrecôte. En attendant son tour, elle s'étonne, pourquoi les bouchers sont-ils toujours des hommes ? Elle regarde les mains saisir, trancher, empaqueter. Un métier d'homme. Il y a un ordre à respecter dans ce monde, au risque de se perdre. On ne peut pas tout bousculer, faire fi des règles élémentaires. Les hommes et les femmes ne sont pas faits du même bois. Certaines choses ne sont pas questionnables. Elle paie et s'en va, nauséeuse. Ce soir, elle va être aimante, joyeuse, sincère. Elle s'est engagée. C'est pour la vie. C'est ainsi.

Elle attrape une feuille et opte pour un crayon de papier, au cas où il faudrait gommer. Trace deux colonnes d'égale dimension. Ce genre d'exercice fonctionne si on adopte un bon état d'esprit, si on est mû par un souci d'équité. Les deux colonnes doivent pouvoir accueillir autant de commentaires l'une que l'autre. Idéalement, atteindre un équilibre. C'est ce que conseille son coach comportemental.

À gauche, la colonne des plus. Les choses qui vont bien. Savoir profiter de ce qu'on a. Rester positive. Ne pas faire son enfant gâtée. À droite, ce qu'il faut modifier – s'interdire le négativisme, ne pas tomber dans l'insatisfaction de posture, ne pas être blasée. Penser en termes d'évolution, de changement, d'amélioration.

Elle commence par la colonne de gauche. Par principe. Parce qu'elle est bonne élève et qu'on lui a appris à voir la vie du bon côté.

Elle réfléchit. Voyons. Les points positifs de ma vie. Mes filles. Elle note, Chimène, Lola. Facile.

Ensuite ? Mon chat, Caspia. Elle note encore. Un peu scolaire certes, mais ça a le mérite de mettre les choses à plat. Quand on est envahi par la déprime, il faut rationaliser. Ça va aller.

Elle mâchouille le crayon. Le bois a un goût de réglisse, et aussi de rance, comme un vieux gruyère, elle adore, ça a la saveur de l'enfance. Zut, un gros bout s'est détaché, elle crachouille dans ses doigts. Bon. Quoi d'autre ?

Ses amies. Solange. Alix. Marie-Sol.

Non, pas comme ça. Il faut qu'elle soit plus essentielle. Les pôles de sa vie. Ce qui la tient debout. Son squelette. C'est ça qu'elle doit identifier.

Elle regarde autour d'elle. La maison est silencieuse. Bruno et les filles sont partis à la piscine. Elle déteste la piscine. Elle le note dans la colonne de droite, comme une plaisanterie – même si elle n'a pas terminé à gauche, elle peut s'autoriser une fantaisie. Garder le cœur léger dans l'adversité. Remplir la colonne de droite à la façon d'une farce. Le fenouil. Elle note. Elle n'aime pas le fenouil. Le nouveau canapé qu'a acheté Bruno. Un canapé d'angle, en cuir taupe, une peau souple, voyante. Avoir mis ses meubles à la cave. Ne plus vivre dans son univers. Les tables de commande. Les écrans. Elle note toujours. Les automatismes. Les conventions qui la forcent à être. Elle s'égare. Elle rature. C'est une liste pour se reprendre en main. Pas un bureau des plaintes. Elle griffonne. Dessine des fioritures en désordre, des courbes fortuites, entrelace des boucles, hésite, louvoie, se décide, trace une majuscule à l'ancienne, un trait vertical qui se termine en arabesque auquel elle accroche en hauteur une demi-boucle horizontale, puis une seconde en dessous, plus ventrue, qu'elle achève dans une débauche de volutes. Elle gomme avec irritation. Comme si Bruno était la cause de tout.

Elle se reprend et note, mon travail. J'angoisse chaque matin en arrivant et dès qu'il faut que j'ouvre la bouche. Je suis parfaitement inutile. Je gagne de l'argent, alors que je n'en ai pas besoin. Je vole sa place à quelqu'un de plus compétent et nécessiteux. Voilà, c'est bien dit, c'est courageux.

Elle note, ma relation avec Iris. Je n'en peux plus de vivre au rythme de ses réactions, à la fois les craindre et me désespérer quand elle n'en a pas. Il faut que ça change.

Bravo, ma fille. Continue comme ça.

Elle note, ma non-relation avec Camélia. Que s'est-il passé avec celle-là pour que rien ne se soit jamais créé entre nous deux ?

Elle note, Maman. Les aigus de sa voix, l'angle de son regard qui évalue, juge, condamne. Son deuil qui la nimbe d'une dimension sacrée, qu'elle porte comme un trophée et qui la consacre Mère absolue, intouchable. La râpe du collant quand ses cuisses frottent sous sa jupe.

Elle note, leur complicité à toutes les trois, l'entente fraternelle dont elle est privée sans qu'on ne lui en donne la raison.

Elle note, le cadavre de Papa – et elle souligne le mot *cadavre*, d'habitude banni de son vocabulaire –, pourquoi a-t-il fallu que ce soit moi qui entre dans le bureau, pourquoi mes yeux ont-ils imprimé pour l'éternité la flaque de sang sur le tapis, les jambes et les bras désordonnés comme sur un clown monté de travers ?

Elle note, vivre ici, dans cette maison qu'elle n'a pas choisie. Sourire tout le temps. Aller à des dîners où elle n'a rien à dire. Faire les courses. Faire la fête. Faire semblant de jouir. Faire semblant de vivre. Faire. Le vide abyssal quand elle est chez elle, sous son toit. Avoir en permanence la sensation que la vie se déroule ailleurs, le sentiment de ne pas être là où *ça se passe.*

C'est une catastrophe. La colonne de gauche est à peine remplie tandis que celle de droite déborde de jérémiades. Elle froisse la feuille et la jette dans la poubelle sous le bureau, puis se ravise, va dans la cuisine, revient avec un briquet et y met le feu. Le papier s'enflamme à toute allure, qu'elle est stupide, pourquoi ne s'est-elle pas mise au-dessus de l'évier, la flamme grandit, lèche ses doigts, ça brûle, elle lâche le papier calciné, il tournoie dans l'air comme s'il avait pris un vent ascendant, se délite en tisons épars, une petite danse mortifère qui calcine ses rêves déchus, sa vie se consume à tout berzingue, elle piétine les flammèches sur le parquet, avec un peu de chance, Bruno n'y verra que du feu, elle pourra toujours dire que c'est la bonne.

Saleté d'espérance. Elle monte dans sa chambre et se jette sur son lit. Son âme affamée réclame un dû qu'elle n'est pas en mesure de satisfaire. Elle a été élevée à l'école du devoir. Personne ne lui a promis une partie de plaisir. Depuis le temps, elle devrait en avoir pris son parti.

Les glaçons nagent dans le liquide ambré. Trois cubes transparents dans une petite mer fumée qui cognent contre le cristal, trois notes fluettes, réconfortantes. Elle tambourine de ses ongles contre les parois humides du verre, gratouille le feutre vert de la table de bridge. La lumière ouatée des lustres, les épais rideaux tirés, les conversations feutrées, tout autour d'elle est familier. Ses parents avant elle, et ses filles après, si ça se passe comme prévu. Dans la famille, le bridge, c'est presque une religion.

Bruno est un piètre partenaire ce soir. Il est trop agité. C'est néfaste pour son jeu et gênant pour les autres. Il parle dans sa barbe, laisse échapper des paroles incompréhensibles. C'est embarrassant. Du regard, elle tente de le réprimander, mais il est ailleurs, il se tortille sur sa chaise, soupire et manipule ses cartes avec nervosité. Elle se souvient de Papa – elle se souvient si peu –, elle glissait une chaise à côté de lui, et il disait, viens ma fleur, mais pas un mot, n'est-ce pas ? On est en train de gagner.

Il avait sa façon à lui de recevoir les cartes et de les ordonner si vite, un coup d'œil et c'était parti, il chuchotait, tu vois ma fleur, j'ai une chicane à cœur et deux honneurs à trèfle, elle buvait ses paroles et tentait de retenir la leçon, puis commençaient les enchères, un pique, passe, deux trèfles, passe, deux sans atout, passe, il prenait un air de conspirateur et Maman répondait sans hésiter, c'était comme les voir valser autour de la table, il attrapait sa petite main et disait, rapproche-toi, ma fleur, plus près, Maman fait le mort, c'était effrayant, je vais te montrer, elle entendait à peine, mais n'aurait jamais osé demander de répéter, il posait une carte sur le tapis sans troubler le silence, et il serrait sa cuisse fluette, tu es si petite, ma fleur, promets-moi de ne jamais grandir, ma fleur de rocaille, elle se tenait sage et n'en perdait pas une goutte, quand il remportait la levée, il dessinait un arc de cercle sur la table, une caresse ample sur le tissu, et saisissait les cartes huilées – de bonnes cartes glissent sans effort –, sa paume sèche frottait sur le velours tandis que l'autre main diffusait une chaleur grandissante sur sa jambe jusque dans son ventre. Quand la partie se terminait, les joueurs se détendaient et commentaient chaque levée, magnifique entame, belle impasse à cœur, bravo ma chérie, vous avez parfaitement joué les annonces. Maman rougissait de bonheur. À cette époque, Maman était rose et jeune, elle se souvient de son odeur, comme une viennoiserie, mais l'odeur s'en est allée avec le reste.

Elle non plus n'est pas concentrée ce soir. Leurs amis râlent, dites donc, vous allez bientôt commencer à jouer ? Elle avale une gorgée de whisky, mais son verre est déjà vide, il n'y a plus que l'eau vaguement alcoolisée des glaçons, et Bruno allume une énième cigarette, elle sourit aux amis et bat les cartes avec vélocité, elle sait faire ça depuis toute petite, la première chose que lui ait apprise Papa, c'est mélanger méticuleusement, un jeu en alternance de l'autre, sinon, les joueurs peuvent réclamer qu'on redonne, et ne pas oublier de couper. Elle distribue tandis que Bruno bavarde, il parle trop, surtout à sa voisine qui n'apprécie pas la distraction, chut, finit par lâcher leur ami, Bruno, tu es pénible ce soir. Jamais de telles vulgarités ne seraient arrivées du temps de ses parents. Elle découvre ses cartes. Elle a du jeu, beaucoup de jeu. C'est le moment de passer à l'offensive. Bruno a parlé le premier, elle veut l'alerter sur son jeu, mais il continue sur sa lancée, elle surenchérit, il répond à côté. Pourquoi ne danse-t-il pas avec elle autour de la table ? Il clôt de travers et voilà qu'ils commencent un contrat qu'ils ne pourront pas gagner. Elle étale ses cartes sur la table, quel gâchis, elle tremble de dépit, est-ce si difficile de se faire comprendre ? Elle regarde la partie aller au fiasco. Bruno peste à mi-voix, leurs amis ne peuvent réfréner un sourire, on lui a resservi un whisky et elle remet deux glaçons qui s'entrechoquent, dans le verre une petite tempête s'est levée, le liquide bouillonne, elle boit et ses lèvres s'embrasent, sa gorge se consume, tout à l'intérieur est en feu, voilà son roi de trèfle qui est coupé, Bruno grommelle un juron, encore une gorgée, son verre est toujours plein, ils vont chuter, deux, trois, quatre de chute, une déculottée.

C'est fini. Un silence gêné plane. Il n'y a pas de mot pour qualifier la médiocrité du jeu de Bruno. Leurs amis proposent une pause, ça fait une heure qu'on joue, allons au buffet. Ils restent tous les deux sous la lumière du plafonnier. La bouche de Bruno s'ouvre sur ses dents rageuses et sa langue se tord d'exaspération. Putain, tu fais vraiment chier. Un peu de salive est projeté sur le velours sapin. Grâce à toi, je me suis ridiculisé. Son front brille, il doit avoir chaud alors que, dans sa main, le cristal est si frais. Avec tes airs supérieurs, tu stresses tout le monde. Dans le verre, les glaçons ont quasiment disparu. Tu crois que tu es la seule à savoir jouer ? Contrôler la trajectoire et l'amplitude du geste, ce serait dommage de tâcher la table, c'est précieux, une table de bridge, ça se passe de génération en génération. Il menace de son index, maintenant, je te demande de t'excuser auprès de nos amis, sinon…

Le liquide s'élance dans les airs, façonne sans la moindre éclaboussure une arche cuivrée au-dessus de la table et vient s'exploser en mille gouttelettes sur le visage de l'homme à qui elle a donné deux enfants et dont elle partage la vie depuis quinze ans.

Dans la voiture au retour, ils n'échangent pas un mot. Bruno, mâchoires vissées, conduit à toute allure et tape du plat de la main sur le volant. Elle a dépassé les bornes, cette fois-ci. L'angoisse l'envahit à mesure qu'ils se rapprochent de la maison. Elle connaît cette rage. Elle va payer.

Bruno rentre trop vite sa voiture dans le garage. En reculant, il emboutit une aile de sa Fiat. Le pare-chocs cède sous l'impact. Putain, tu ne peux pas mieux te garer ? Elle ne répond pas, sort de la voiture, monte, s'enferme à clé dans la salle de bains. Idiote qu'elle est. Ça ne sert à rien. Il faudra bien qu'elle se couche. Elle entend du bruit dans la cuisine, sur quoi passe-t-il sa colère ? Elle se glisse dans le lit sans allumer, si elle s'endort tout de suite, peut-être que demain, tout sera oublié.

Il grimpe l'escalier d'un pas furieux. Elle se recroqueville sous les draps. Sans passer par la salle de bains, il se déshabille, ses affaires volent sur la moquette, sa ceinture, des pièces de monnaie roulent par terre. Elle sait ce qui l'attend. Ce n'est pas la première fois. C'est sa punition. Elle n'avait qu'à garder son sang-froid.

Il arrache la couverture. Elle ne bouge pas, ramassée sur elle-même, son propre corps comme une coque de protection. Il se tient debout au-dessus d'elle, un loup surplombant l'agneau. Il prend son temps, peut-être jouit-il déjà de ces quelques secondes de toute-puissance où rien ne peut se mettre en travers de son dessein.

Il attrape son bras. Elle résiste. Il tord sa chair, enfonce ses ongles, la retourne. Elle gémit. Il s'allonge sur elle, empoigne son autre bras et la plaque sur le dos. Elle geint plus fort, mais se contient malgré tout – les filles dorment à l'étage en dessous. Il colle sa main sur sa bouche. Elle étouffe sous son poids décuplé.

De ses jambes, il écarte les siennes. Elle mobilise toute son énergie pour faire obstacle, tend son corps ridiculement faible, se débat, ses cuisses flageolent sous l'effort.

Il force le passage vers son sexe cadenassé. Tous ses muscles sont bandés et elle sent sa chair céder. Il est vain de lutter encore. Que peut-elle opposer à la violence des hommes ? Elle relâche tout. Qu'il la prenne à sa guise. Il ne possédera jamais que sa défroque.

Il s'agite, de plus en plus virulent. Il n'est rien qu'elle puisse faire. Elle s'écrase dans le matelas. C'est une mise à mort. Elle s'extrait de son corps et attend qu'à force de gesticulations et de râlements il vienne à bout de sa vengeance. Quand c'est enfin fait, il se retourne et s'endort comme une masse.

La chambre tangue dans le calme revenu. Une, deux, dix minutes pour que cesse le chaos. Elle se lève, va à la salle de bains. Elle laisse couler l'eau sur sa chair, comme si elle soignait les blessures d'une autre.

Ses pieds s'enfoncent dans la moquette de laine comme dans un marécage. Elle préférerait dormir par terre que de se recoucher aux côtés de Bruno. Elle se dirige vers la fenêtre et pose une main sur le carreau. Si seulement il y avait quelqu'un. Elle scrute l'obscurité de la nuit, mais rien, personne, évidemment. Elle est seule, marquée du sceau de Bruno – et de celui de Papa. Comme une vache tatouée, elle n'a pas le droit de sortir du cheptel au risque d'être mordue par le chien du berger.

Elle plaque sa joue contre la vitre, longtemps, puis met son front. La fraîcheur du carreau apaise peu à peu son feu. Elle pose ses lèvres. Un baiser glacé, à peine déposé, un peu de buée sur le verre indifférent, puis un second plus appuyé, la froidure de la vitre soulage sa peau endolorie, elle embrasse le carreau, lèche l'humidité. Ça a le goût du pur. Ses lèvres aspirent le verre. Elle presse ses seins, frotte son ventre, son pubis râpe contre la vitre, plus fort, elle arc-boute son corps jusqu'à se faire mal de nouveau, une caresse d'une volupté désespérante.

« Je n'ai jamais cru à la thèse de l'accident. Papa était très prudent. Surtout avec ses armes. »

Iris la dévisage, éberluée.

« T'es pas un peu dingue de dire un truc pareil ? Maman pourrait t'entendre, moins fort ! »

Bien sûr, Maman pourrait entendre. On aborderait enfin les véritables sujets.

« Maman n'écoute pas, elle est montée dans les chambres des filles, avec Camélia. »

Elles se regardent sans un sourire et toute leur enfance se concentre dans ce regard. Jalousie, opposition, compétition. Iris chuchote soudain :

« Moi non plus. »

Elle n'en revient pas. Pour une fois, Iris pense comme elle. Malgré la gravité du sujet, elle jubile. Du salon leur parvient l'écho des paroles de Bruno, suivi du froufrou de la table de contrôle qui sort de sa trappe. Les hommes s'exclament. Bruno parle sans discontinuer. Il fait sa retape.

Elle continue.

« Et Camélia ? »

« Quoi, Camélia ? »

« Elle pense quoi de la mort de Papa ? »

« Qu'est-ce que tu veux que j'en sache ? Tu crois qu'on parle de ça ? Trente ans après ? »

« Vingt-neuf ans. Et Maman ? »

« Arrête, Valériane. Je t'interdis d'en parler à Maman. Elle en mourrait. »

C'est vrai qu'on a le goût du drame dans notre famille. Un point pour Bruno. Nous avons nos raisons. Notre père s'est arraché le visage avec son fusil de chasse. C'est assez pour faire un drame ?

« C'est cette histoire de canon scié. »

« Valériane, tais-toi. On n'a pas le droit d'en parler. On n'est même pas censées savoir. »

« Papa n'aurait jamais fait ça pour sa chasse. Scier son canon… Et raccourcir la crosse… D'où venait ce fusil ? Pourquoi avait-il cette arme ? »

« Tu vas la boucler ? »

« Quelque chose ne colle pas. Ça ne peut pas être un accident. C'est autre chose… Un meurtre ? »

Iris la toise de son regard de grande sœur qui a d'autres chats à fouetter que de s'occuper des caprices de la petite.

« Où vas-tu chercher des âneries pareilles ? Pourquoi pas un attentat, ou un règlement de compte de la Mafia ? Qu'est-ce qui te prend aujourd'hui ? Tu dis vraiment n'importe quoi. Tu es assommante. »

Elle se tait, mouchée par son aînée. Et pourtant. Elle tient sa langue depuis trop longtemps. Elle en a soupé, des accommodements.

« Alors quoi ? Qu'est-ce qui s'est passé ? Tu dois savoir, toi. Tu avais quatre ans de plus que moi. »

« Qu'est-ce que ça change, de savoir ? Tu crois qu'on est plus heureux, quand on sait ? Tu crois que ça peut le faire revenir ? »

La voix d'Iris a grimpé dans les aigus, à un cheveu du couac. Embarrassée, elle se plonge dans l'examen de ses ongles manucurés. Beige rosé. Rien de voyant. Du bon goût de la tête aux pieds. Elle s'attaque à une montagne. Faire parler Iris, poser les questions auxquelles personne ne veut répondre. Elle relève les yeux sur sa sœur dont le visage s'est muré. Iris la regarde fixement et murmure.

« Il devait savoir ce qu'il faisait. »

Il savait ce qu'il faisait ? Il laissait une femme sans ressource, trois fleurs à peine écloses et un cadavre défiguré. Il savait. Mais qu'y avait-il à savoir, au juste ? Iris boit une gorgée de thé en maniérant ses gestes comme si c'était une porcelaine de Saxe et ajoute d'une voix fielleuse :

« Il faut lui faire confiance. On lui doit bien ça. Surtout toi. »

C'est une gifle qu'Iris lui assène. Ses joues s'embrasent à la seconde. L'onde de choc secoue son estomac et fait s'éveiller une sensation infâme qui ne se laisse pas saisir. Le visage d'Iris s'est transformé en masque d'acier où la colère froide est gravée au poinçon.

La voix de Maman brise le tête-à-tête.

« Mes fleurs, où êtes-vous ? »

Le ton chantant dissimule sous ses vibratos, le reproche, l'inquiétude, l'inquisition.

« Voilà ce qui arrive quand on habite un palais, on se perd dans les couloirs. De quoi parlez-vous ? »

Maman entre dans la cuisine et s'assied. Une souveraine vieillie, mais toujours une souveraine.

« Valériane, tu devrais mettre des rideaux. Il y a beaucoup de vis-à-vis. Et ces immeubles en face, sinistres… Ça me désole de vous savoir ici. Alors, qui me dit ? Vous croyez pouvoir me leurrer avec vos airs de conspiratrices ? Je vous connais par cœur, mes fleurs. »

Iris prend une voix désinvolte, moqueuse.

« Valériane me demandait pourquoi vous lui aviez fait arrêter le violon. »

Maman s'esclaffe. Le sujet est dérisoire, la feinte malveillante.

« Valériane, voyons ! Cette histoire remonte aux calendes grecques, tu avais quoi, dix, douze ans ? Et puis, tu le sais bien, pourquoi. »

Elle ne peut articuler un mot. Les deux femmes donnent sous ses yeux une représentation qui se déroule à l'identique depuis des décennies, où elle est le Polichinelle dont on se gausse, derrière lequel on complote, qu'on éreinte.

« Iris, tu le sais, toi ? »

« Oui, Maman. »

« Alors, dis-lui. Elle m'enquiquine, ta sœur. »

« C'est Tailleur, le médecin. Il a dit que le violon t'empêchait de grandir. »

Elles la regardent avec compassion, d'une expression que l'on réserve aux indigents, aux pauvres gens à qui il n'arrive que des crasses, qu'on prend en pitié.

« On a attendu trop longtemps. C'est ce qu'a dit Tailleur. On aurait dû arrêter avant, c'est pour ça que tu es restée si petite. »

Papa aimait le violon. Il lui demandait de jouer, rien que pour lui. Les leçons ont pris fin, sans préavis, peu après la mort de Papa. Lui revient l'odeur de la colophane sur les crins de l'archet. Peut-être l'a-t-elle trop respirée. Elle croit même qu'elle y a goûté. C'est pour ça qu'elle est si petite – ou peut-être est-ce pour faire plaisir à Papa. Mais ce n'est pas le sujet, c'est encore une des ruses d'Iris. Qu'est-ce qui démange à l'intérieur, qui se refuse à sa clairvoyance ?

« Cesse tes enfantillages, Valériane. Appelez les enfants pour le goûter. Tu nous as préparé ta tarte au citron ? Avec la meringue, j'espère, sinon je n'aime pas. Iris, viens t'asseoir près de moi, Camélia, de l'autre côté, je voudrais vous en raconter une impayable… »

Les enfants se pressent autour de la table. Elle a cuisiné tout l'après midi, tarte (avec meringue, évidemment), marbré, quatre-quarts – le four est enfin apprivoisé. Les filles se bousculent, elles adorent être avec leurs cousins, leurs tantes, leur grand-mère. Tout ce petit monde se rengorge du plaisir d'être entre soi. Est-elle la seule à se sentir perdue au milieu des siens ? Le sentiment de solitude n'est pas corrélé au nombre de personnes qui nous entoure, se dit-elle en coupant les gâteaux

« Valériane, où est ton époux ? Il pourrait faire acte de présence, tout de même. »

« Au salon, Maman. Il montre comment fonctionne le système central de commande. »

« Ah, ces machines du diable. Un jour, elles vous découperont en tranches et vous serez bien avancés ! »

Iris et Camélia éclatent de rire. Elle sourit aussi. Depuis longtemps déjà, elle ne prend plus la défense de Bruno quand Maman persifle. Après avoir tant bataillé et claqué des portes, elle laisse faire. Pire, elle n'est pas mécontente. Maman fait le sale boulot à sa place. Maman dit tout haut ce qu'elle n'arrive pas à dire. Voilà ce qui se passe quand on veut jouer les rebelles et qu'on n'en fait qu'à sa tête.

Quand tout le monde est parti, elle débarrasse la cuisine. Chimène et Lola sont montées faire leurs devoirs. Bruno est dans le garage, il farfouille dans sa voiture. Ils ont fait la paix, comme a proposé Bruno quand il est rentré le lendemain de la partie de bridge avec un magnifique bouquet. Ne restons pas fâchés, a-t-il dit en l'enlaçant, on est quittes sur ce coup, non ? Elle s'est laissée radoucir par les lys. Elle a passé l'éponge. La rancœur n'est jamais bonne conseillère et c'est tout de même elle qui a commencé les hostilités.

Elle réfléchit au dîner, dans deux heures, il faut de nouveau mettre la table, servir, desservir. Ses mains agissent avec une précision implacable. Papa approuverait. Bonne épouse, bonne mère, bonne fille. Faire son devoir est un impératif catégorique. Ça ne se discute pas. Elle se soumet à la loi. Papa savait ce qu'il faisait, a dit Iris, il faut lui faire confiance. Surtout elle. Quand il la prenait sur ses genoux et qu'il jouait avec ses mains toutes petites, ses pieds minuscules, quand il murmurait à son oreille, ma fleurette, tu es un oisillon et moi, je suis un ogre et je vais te dévorer, il savait ce qu'il faisait. Il était la loi, à laquelle elle se soumettait. Quand il attrapait l'ourlet de sa jupe pour la faire tourner sur elle-même, elle lui faisait confiance. Quand il enroulait ses cheveux autour de son doigt, regarde ma séraphine, j'ai fait une alliance de tes cheveux, quand il inspectait son torse d'enfant, plat et sec, et qu'elle suivait, le cœur battant, chacun de ses mouvements sur sa peau tendue comme sur un tambourin, il savait. Alors qu'elle épluche les carottes en cette fin de dimanche chagrin, la vérité qui croupit en elle depuis vingt-neuf ans se décide enfin à éclore et se dresse, brutale, honteuse, l'évidence qui explique tout, les regards accusateurs, fuyants ou au contraire jaloux, les chuchotements, les lèvres pincées, les dos tournés. Le choc lui coupe les jambes au point qu'elle doit s'asseoir. Papa l'aimait *trop* – et il savait ce qu'il faisait. Quand la faute a pesé trop lourd, il a préféré en finir. Il n'y a pas eu d'accident. Il faut accorder son pardon, surtout elle, parce qu'elle est aussi fautive que lui, parce qu'enfant elle a été complice. Elle lui doit bien ça. Ils sont liés par le poids de la faute, même et surtout maintenant qu'il est mort. Elle est responsable et n'en finit pas de payer. Aide-toi, le ciel t'aidera, voilà ce que lui a dit Iris cet après-midi. Personne n'a rien fait pour elle quand elle était enfant, ce n'est pas maintenant que ça va commencer. Sans doute devrait-elle se rendre à l'évidence et, comme Papa, se faire sauter la cervelle. Peut-être est-ce là le véritable conseil d'Iris. Ses pensées culminent dans une idée abjecte alors qu'elle coupe les légumes comme un bourreau trancherait une tête, une vérité qui décuple le poids de la culpabilité en gestation depuis ses douze ans et la condamne pour l'éternité.

Oui, la mort de Papa a été un soulagement.

Elle écoute, attentive. Elle sourit. Elle hoche la tête. Elle éclate de rire. Son voisin, un homme grand et roux, fait de l'humour. J'ai arrêté l'alcool et les ascenseurs. Je pars le mois prochain skier en Ouzbékistan. Elle ouvre des yeux admiratifs. Elle le flatte. Quand il aborde un sujet plus sage, elle reprend son sérieux. Bien sûr, elle veut aller voir Jeff Koons, elle adore. Son visage réagit au quart de tour, toutes les émotions adéquates s'y affichent à la demande. Elle réclame du vin en effleurant son verre et confie, j'ai une bonne descente. Elle emploie cette expression populaire en connaissance, sa maîtrise des codes est telle qu'elle peut s'enhardir sur toutes les pentes. Comme cette soirée est charmante, votre maison est un rêve, une fois passés le périph et la Seine, par deux fois, si on n'a pas oublié son passeport, haha, on y est vraiment bien, quel veinard, ce Bruno, une si belle famille, et une femme ravissante, je parie que tous vos amis sont jaloux.

Elle vérifie les assiettes, guette le bon moment, il y a un tempo à respecter, pas trop rapide, ils ne sont pas venus pour *manger*, pas interminable non plus, passer des heures à table, c'est assommant. Hier soir, il était presque minuit quand elle s'est couchée après avoir préparé son bourguignon de joue de bœuf, une de ses recettes à succès, et la mousse au chocolat, à faire la veille évidemment. Depuis plusieurs jours, Bruno lui met une pression maximale. Ce dîner est *hyper important.* Ils reçoivent son associé, deux clients et leur épouse – elle n'en sait pas plus. C'est *hyper important*, c'est tout ce dont elle a besoin d'être informée.

Sois sympa avec le grand roux, l'a prévenu Bruno, c'est lui le client *hyper important.* Sympa… C'est-à-dire ? Ben, sympa, quoi, rigolote, un peu sexy, c'est pourtant pas compliqué, tiens, mets la robe noire que je t'ai offerte, elle t'avantage… Surtout écoute-le, ne lui prends pas la tête avec tes histoires de bonne femme, il s'en fout, la seule chose qui l'intéresse, c'est de parler de lui, et moi, je veux qu'il reparte gonflé à bloc.

Elle a enregistré les consignes. Elle écoute le grand roux et elle est sympa. Très sympa même, si on en croit la distance entre leurs épaules qui se réduit à mesure que la soirée avance. Il lui parle à voix basse et se penche dans son cou. Elle a chaud. Les effluves de son parfum remontent de son décolleté, il doit sentir aussi, et apprécier, on dirait qu'il va mettre son nez entre ses seins. Un jour, on va se réveiller et il sera trop tard. Ni vu ni connu. Juste pour baiser. Le temps n'attend pas. Aucune de ses amies n'a ouvert le bal. Serait-ce possible qu'elle plonge la première ? Elle joue avec une boucle de cheveux qui s'est échappée de son chignon, une coquetterie.

Bruno retient l'attention de toute la table. Il a commencé son laïus sur *Smart Home*, la maison connectée. Il raconte comment chez eux, les machines communiquent entre elles. Il explique l'aspirateur qui se met en route une fois le dernier d'entre eux parti pour la journée, et comment il s'arrête quand quelqu'un rentre à la maison. Il vante le four qui obéit à la voix, l'intensité lumineuse qui s'adapte à l'humeur, Internet sur la table de cuisson. Les machines vous connaissent mieux que vous-même, elles savent anticiper vos besoins grâce à des algorithmes ultra complexes, et vos goûts, vos préférences, vos habitudes sont consignés dans le système central. Il fait rire ses invités quand il explique que depuis son bureau, il peut surveiller la maison grâce à des caméras dissimulées un peu partout, baisser les volets et la verrouiller à distance. La maison est *hyper* sécurisée. Le premier qui s'y aventure n'a pas fini de le regretter. À ses côtés, le grand roux a sorti son téléphone portable et répond à des mails.

Elle se lève. Elle n'a eu droit à aucun compliment sur sa cuisine. Ils n'ont d'attention que pour Bruno. Des ploucs sans éducation.

Les épouses l'aident à débarrasser et dans la cuisine se crée une connivence de circonstance. Quelle jolie robe, c'est de la soie ? Les enfants se sont couchés tout seuls, on ne les a pas entendus, félicitations. Des écrans, comme c'est amusant, peut-on avoir une démonstration ? Elle s'excuse, elle n'y connaît rien, c'est à Bruno qu'il faut demander, la *Smart Home*, c'est lui. Votre mari est extraordinaire. Elles sont parfaites, comme un miroir, elles lui renvoient l'image glacée de la bonne société et de la femme qu'elle est censée être.

Ils passent au salon pour les tisanes et les digestifs. Le grand roux tapote le velours, Valériane, à côté de moi. Elle s'assied, dressée comme un animal. Il a posé son bras sur le dossier du canapé, elle se glisse sous son épaule. Bruno lui sourit, ravi. Mission accomplie. Elle se rapproche, si près qu'elle sent son flanc sous sa chemise bleu pâle. Plus proche encore. Pour faire plaisir à Bruno. Pour faire plaisir au grand roux. Faire plaisir aux hommes, n'est-ce pas là où les femmes excellent ? Œil pour œil, dent pour dent, a dit Solange. Nous aussi, on a le droit de s'éclater. Elle a un peu trop bu. Le grand roux attrape son pendentif, qu'il observe comme si c'était un bijou de la couronne. Elle éclate de rire. Elle a tant ri ce soir qu'elle en a mal aux mâchoires.

Lorsqu'elle raccompagne ses invités à la porte, le grand roux passe un bras autour de sa taille. Merci, Valériane, grâce à vous, cette soirée a été idyllique. Il l'embrasse sur la joue, tout près de l'oreille, en inspirant profondément. Elle se cambre un peu sous la main. Elle ne pourrait pas même dire que cela lui déplaît. Il flatte son poil. Avec un effort supplémentaire, elle miaulerait. Légèrement en retrait, l'épouse du grand roux attend, les yeux baissés, tandis que le paon agite sa roue.

En se couchant, Bruno la félicite. Tu as été parfaite. Il l'embrasse sur le front et s'étire. Je suis crevé. C'est épuisant ces dîners. J'espère au moins qu'on va signer. Quelques minutes plus tard, il ronfle.

Elle reste étendue dans le noir. Des images désordonnées passent et repassent en boucle. La couture de la chemise bleu pâle, sous l'aisselle. La cheville qui se dévoile entre la chaussette et le rebord du pantalon. Sa robe remontée sur ses cuisses, qu'elle ne réajuste pas. La soie douce.

Elle finit par s'endormir et rêve à l'instant. Elle est à la cave, elle vient chercher du vin. Il y a des caisses sur le sol qui gênent le passage. Elle trébuche et fait tomber une bouteille. Le vin gicle sur ses jambes. Elle retire sa robe et essuie avec la soie. Elle remonte, sa robe en boule dans la main, traverse le salon, et vient s'asseoir sur le canapé. Bruno lui fait un clin d'œil. Une foule de gens discute avec animation, personne ne fait attention à elle. Elle prend conscience qu'elle est nue. Bruno la regarde toujours et lève son pouce en signe d'encouragement.

Quand elle se réveille, une bouffée de haine la submerge et elle réfrène l'envie de frapper Bruno jusqu'à l'éjecter du lit. Dehors, il pleut à verse et le tonnerre gronde. Elle reste allongée, tremblante encore du rêve et de la colère qui a accompagné son réveil. Où sont passés les jours d'espoir ? Elle repense à la naissance de Chimène, petit poussin rose dans son berceau, Bruno si fier de sa fille, puis Lola est arrivée, Lola qu'elle a faite toute seule parce que Bruno avait fini de s'intéresser aux enfants et même à elle. Comment fait-on pour ne pas être déçu ? Pour ne pas espérer mieux ? Comment surmonte-t-on le sentiment que la vie n'a pas tenu ses promesses ? Qui l'a dépossédée ? Papa ou un autre ? Peut-il l'observer de là-haut, avec son visage arraché ? Est-ce lui qui manipule les fils ? C'est égal. Elle est seule dans ce lit, aux côtés d'un homme qu'elle a choisi parce qu'il déplaisait à Maman – qu'a-t-elle voulu lui fait payer ? Peine perdue, c'est elle qui fait les frais de ses décisions et elle ne peut en tenir rigueur à personne. Va-t-elle passer le reste de son existence à maudire Bruno, Papa, Maman ? Ils ont mené leur barque de leur mieux, non sans maladresse et quelques négligences, mais rien de dramatique au fond. C'est comme se réveiller avec une gueule de bois et se souvenir d'un coup de la soirée. Qu'a-t-elle fait de sa vie ? A-t-elle jamais pris une direction qui lui ressemble *vraiment* ? Quels sont ses choix dorénavant ? Elle espère que le futur n'est pas une projection du présent. Elle espère que le futur n'existe pas.

Le tumulte monte dehors. Elle quitte le lit et va à la fenêtre. Il grêle. Des grêlons gros comme le poing rebondissent contre le bitume. La rue sombre sous les flots du déluge. Une météo à l'image de son humeur. Désastreuse. Sous ses fenêtres, une moto passe à toute allure en pétaradant. Pauvre type. Il y a pire qu'elle, ce soir.

Elle lève les yeux et regarde en face. Toutes les lumières sont éteintes dans l'immeuble de briquettes. La construction de trois étages est à peine plus haute que leur maison. Les appartements doivent être tout petits. Qui peut habiter là-dedans ? Elle s'étonne de ne jamais avoir vu quiconque. Elle observe les fenêtres obscures, la façade anodine. C'est un immeuble sans histoire, quelques cages à poules pour vieux gâteux. Elle compte douze fenêtres. Certaines portent des stores à moitié baissés, de travers, d'autres sont des trouées noires, comme au troisième. C'est étrange, on dirait qu'il y a quelque chose au troisième. Une ombre se dissout sous son regard. Elle se souvient d'une sensation passagère, à plusieurs reprises, quelqu'un dans la fenêtre juste en face de sa chambre, une apparition furtive, imprécise. Elle regarde mieux. Au troisième, il se passe quelque chose. Malgré l'obscurité, elle en est certaine. D'un coup, les paroles de Lola lui reviennent à l'esprit, Maman, il y a quelqu'un en face, qui nous regarde. Sur le moment, elle n'avait pas réagi. Dans l'opacité, elle distingue une masse noire, les contours flous d'une silhouette. Elle force le regard, essaie de mieux voir. Le tonnerre gronde, tout près, puis un éclair illumine la rue et, dans l'infime fulgurance où il fait comme jour, elle aperçoit distinctement un homme qui lui fait face, grand et massif, nu. L'image est si nette qu'elle peut même distinguer qu'il a un verre à la main. Le jour ne dure qu'une fraction de seconde, à peine le spectre s'est-il révélé qu'il disparaît de nouveau, avalé par la nuit.

La déflagration de la foudre a réveillé Bruno. Qu'est-ce qui se passe, il grêle ou quoi, et merde, j'ai laissé la voiture dehors. Il allume.

La lumière la fait sursauter. Elle vient de découvrir un homme dans les ténèbres, tourné dans sa direction, et Bruno allume, sans crier gare, la livrant en pâture à tous les regards… Il se lève, vient regarder la rue jonchée de glace et s'exclame, mais c'est la catastrophe ! Elle veut le calmer, elle doit réfléchir, il y a quelqu'un en face, et elle ne le savait pas, depuis combien de temps, elle se contrefout de la voiture de Bruno, s'il pouvait se la fermer, il lui faut du temps pour digérer l'information, oh mon Dieu, pour une fois qu'il se passe quelque chose et que la vie sort de ses glissières… Cette image brumeuse lui appartient, elle veut décider quoi en faire avant que Bruno s'en empare comme de tout le reste. Elle doit le faire taire. Elle se recule un peu, colle son dos contre lui. Chut. Pas de sandale. Pas de cri. De la douceur, s'il vous plaît. Gagner un peu de temps. Passe tes bras autour de moi, console-moi, je suis glacée, ma peau comme mon âme. Elle chuchote, ta voiture ne craint rien, regarde, l'orage se calme, viens, elle frotte ses fesses contre son sexe, c'est facile quand on pense à autre chose, elle est ailleurs quand Bruno agrippe ses hanches, elle pose sa joue contre le carreau, abandonne son corps et elle s'avance dans la rue, curieuse, se dirige vers l'autre côté, pieds nus sur les billes de glace, mille petits poignards perfides qui cisaillent la plante de ses pieds.

« Bruno, il faut que je te dise quelque chose. »

« Pas maintenant, Valériane, je suis à la bourre. »

« C'est important, Bruno. »

« Ça attendra ce soir. J'ai rendez-vous dans une demi-heure. Bonne journée, ma chérie. J'essaie de ne pas rentrer trop tard. »

Il attrape sa veste et descend. Elle entend claquer un placard, un verre dans l'évier, puis la porte du garage et le moteur de sa voiture qui s'éloigne.

Il fait encore nuit. Le silence contient le petit matin. Elle reste couchée, somnole jusqu'à l'heure du lever. Les images de la nuit renaissent sous ses paupières, le corps nu dans la lumière de l'orage, les yeux intrus qui sans doute la regardent. Est-ce contrariant, effroyable, excitant ? Elle ne sait pas encore. À cet instant et pour les minutes qui suivent, la réalité est endormie. Tous les rêves sont permis. Elle peut se propulser dans un espace chimérique, aller et revenir.

Il est des moments où la vie n'existe pas. Elle se laisse planer sans savoir où elle va, ni ce qu'elle désire vraiment.

« Les filles, il faut que je vous dise quelque chose. »

« Maman, où sont mes affaires de sport ? »

« Chimène, écoute-moi. »

« Je ne trouve pas mon sac de gym… »

« Chérie, il y a un voisin en face. Sous ton lit, je le vois d'ici. »

« Maman, il y a plus de céréales au chocolat ? »

« Si, dans la réserve. Lola, viens, mon chat, je voudrais te parler. »

« On va être en retard. Si tu crois qu'on a le temps de faire la conversation… »

« Les filles, il faut que vous fassiez attention. »

« Maman, on sait. On n'est plus des bébés. Bisous, à ce soir ! »

Seule. Les cartables, les écharpes, les recommandations, les paroles encourageantes, il ne reste plus rien. Ils ont tout emporté avec eux. Bruno, Chimène, Lola, ils se sont évanouis, une fois de plus. Comment font-ils pour disparaître chaque matin en un claquement de doigts ? Ses avertissements sont inutiles. Ils la délaissent sans état d'âme, comme un chien la veille des vacances, ils l'abandonnent à la merci de tous les périls.

Elle fait ce qu'elle a à faire. Trier le linge. Remplir les machines. Secouer les draps. D'instinct, elle évite les fenêtres. Sa toilette. S'habiller. Se coiffer, se maquiller. C'est peut-être un incident isolé, un hasard, une coïncidence. Si elle dramatise, Bruno le lui reprochera et l'accablera de ses consignes impossibles, sois cool, lâche prise, détends-toi, tu fais vivre les filles dans un climat de terreur, tout ne se termine pas dans un bain de sang, ce qui est arrivé une fois ne se reproduit pas nécessairement.

Elle décide de prendre sa voiture pour aller travailler. Tant pis pour les trente euros, elle se garera au parking public. Ce matin, elle n'a pas le courage d'affronter le RER. Elle soupire devant l'aile emboutie de sa Fiat. Bruno ne semble pas vouloir la faire réparer. Comme si elle était responsable. Elle démarre vite. S'échapper d'ici, quitter cette banlieue, pour d'autres rues tout aussi grises.

Toute la journée, elle navigue à vue… En vertu de l'article 3 de la Convention de Bruxelles… Quid de la diligence pour remettre le bâtiment en état de navigabilité… Le vague à l'âme… À qui la responsabilité à l'arrimage ?… Les pensées flottantes… Est-on face à une avarie commune ? Quelqu'un se lève, avec un marqueur, trace sur le *flipchart* une flèche, puis deux, et d'autres qui pirouettent, il note des acronymes, un jargon de lettres, rature, encadre, on dirait qu'il prépare un plan de bataille, si seulement elle pouvait remettre sa vie à flot, il faut confronter les données, évaluer les responsabilités, consulter la jurisprudence, certaines décisions paraissent évidentes et pourtant elles s'avèrent si difficiles à prendre, Valériane, qu'en pensez-vous ? Valériane, pouvez-vous répondre ? Elle regarde par la fenêtre. Dans une minuscule croisée du damier d'en face, une femme est levée, elle fait des moulinets comme si elle se noyait, elle doit mimer quelque chose, deux personnes rigolent, c'est gai, la vie de bureau, parfois.

Le soir vient sans prévenir. Elle fait le chemin du retour dans les phares des voitures, des piétons partout, il bruine. À la maison, Lola récite sa poésie en jouant avec sa balle en caoutchouc, Chimène, enfermée dans sa chambre, écoute de la musique. Toutes à leurs tâches d'enfant, elles avancent sur le chemin de la vie. Elle a le devoir absolu de préserver le nid où elles peuvent grandir sans souffrance. Elle prépare le dîner, trie de nouveau le linge – et une étrange sensation s'installe. Elle agit comme d'habitude et pourtant ses gestes prennent un relief inhabituel. Elle met un peu plus d'application à plier, empiler, rincer, comme si elle était sur une scène et qu'elle donnait en spectacle un acte de son existence. Elle interprète le rôle de Valériane d'Astier, héroïne du quotidien, actrice du réel, téléréalité plus vraie que vraie, intimité à découvrir. Comme si sa vie avait valeur de divertissement. Elle ne se l'avoue pas, mais il ne lui serait pas déplaisant d'avoir un auditoire. Qu'elle ait tapé dans l'œil de quelqu'un. Si *on* la regarde, c'est qu'*on* la trouve belle, qu'*on* l'admire, peut-être la dévore-t-*on* des yeux, l'adore-t-*on* même, comme une idole païenne… Quand les filles sont couchées, elle prend peur, seule dans la maison silencieuse. Et si tout ça était dangereux ? Elle attend Bruno, assise dans la cuisine, lumières éteintes. Elle n'a pas faim. Elle doit lui parler, c'est la seule option. Bruno prendra les mesures adéquates, il saura quoi faire, ira sonner chez le bonhomme, le dissuadera de recommencer, ou même préviendra la police. Il la protégera, elle et ses enfants. Il n'est pas mauvais bougre, au fond. Elle mâchouille un bout de pain. Son téléphone vibre et s'allume dans l'obscurité. *Ne m'attends pas, toujours en réunion.* Elle reprend du pain. Les machines bourdonnent comme des guêpes. Elle monte se coucher en tâtonnant dans le noir et avale un somnifère. Qui prendra soin d'elle ?

Elle rêve qu'elle est enfermée dans une cellule, allongée sur un lit de camp métallique. La pièce est minuscule, elle peut toucher les deux murs en écartant les bras. Elle a chaud, elle repousse la couverture mitée, découpée dans un sac de pommes de terre. Il y a une lucarne en longueur, sans barreau ni carreau, à travers laquelle elle entrevoit un outremer piqué d'étoiles. Elle se tourne contre le mur, n'arrive pas à dormir. La pierre est douce, à la chaux. Dans la paroi, juste à hauteur de visage, elle repère un orifice. Elle y met l'œil et aperçoit une autre cellule semblable à la sienne. Un homme debout, torse nu et en pantalon blanc, danse dans l'espace étroit. Il a enlacé son buste musclé dans ses propres bras et caresse la peau de son dos en balançant son bassin. À petits pas valsés, il tourne sur lui-même. Au loin, une mélopée lente accompagne ses déhanchements.

Elle se réveille quand Bruno est sous la douche. Son réveil marque six heures trente. Elle ne l'a pas entendu rentrer hier soir. Elle reste allongée. C'est une autre journée, comme il y en a eu des milliers et comme il y en aura encore à la pelle. Bruno s'habille dans le dressing. Il chantonne. Quelque chose le met en joie, qui n'a pas le moindre rapport avec elle. Quand il est prêt à partir, il fait le tour du lit et dépose un baiser sur son front. Elle ne bouge pas, les yeux clos. Il chuchote :

« Bonne journée, ma chérie. J'essaie de ne pas rentrer trop tard. »

Il quitte la maison. Chaque jour est semblable au précédent. Elle se lève sans allumer. Dans la salle de bains, elle ramasse les affaires de son mari, caleçon, chaussettes, chemise et les jette dans le panier de linge sale. Elle est transparente. Elle n'existe plus. Elle est devenue une machine à faire la cuisine, les devoirs, les lits, une machine à faire l'amour, une de ces machines comme le four, la voiture, le grille-pain, que Bruno affectionne tant et qui ronronnent au repos. La veste de Bruno est pendue à la poignée de la porte. Elle la saisit, va dans le dressing, cherche un cintre, et par réflexe glisse la main dans les poches. Quelques pièces, un stylo, un ticket de carte bancaire, une pochette d'allumettes. Elle examine le ticket. Transaction CB. Le 23/10/14 à 23:12:10.

C'est hier soir. L'Impertinent, 75008. 685,00 euros. Rien que ça. Sur le rabat de la pochette d'allumettes, en lettres blanches sur fond noir, le confirmation du lieu, L'Impertinent, bar privé à Paris, avec pour fantaisie graphique, le I majuscule en forme de plume baroque. Lui revient soudain l'expression qu'employait Papa quand il voulait exprimer son mépris à l'égard d'un individu, il disait, et ça les faisait rire aux larmes, *il a une plume dans le cul.* C'est tout à fait ça. Il ne lui manque plus que la plume dans le cul, à Bruno. Merci, Papa. Elle remet le tout dans les poches, et la veste sur la poignée. Elle espère que ça fera un faux pli.

Quand elle reçoit le message d'Alix plus tard dans la matinée, elle est au travail, et une idée germe dans son esprit. Elle reprend la rédaction du rapport sur lequel elle planche depuis plusieurs jours, mais l'idée ne la quitte pas. Elle la laisse prendre vie et activer dans son cerveau des scénarios improbables, des futurs inavouables, des dangers voluptueux. À cet instant précis, elle se voit comme si elle était postée de l'autre côté de la pièce. Ses doigts agiles tapotent sur son clavier. Elle observe sa chevalière, son alliance, sa bague de fiançailles, la peau fine sur le dos de ses mains, elle scrute son dos droit, son cou tendu, sa nuque sous ses cheveux lâchés. Elle est humaine, à n'en pas douter. *Ravissante femme blonde, la petite quarantaine, convenable en tous points, excellente cuisinière et aimant les chats*… Elle vaut mieux qu'un caisson métallique qu'on évalue à la puissance de ses processeurs et au nombre de ses kilowatts. Sous son regard dédoublé, elle se sent vivante. Elle s'épuise à n'être jamais regardée. Elle va s'anéantir à force d'être invisible.

Elle attrape son téléphone et relit le message d'Alix. *Il va falloir vous réveiller les filles. Je tiens la corde. C'est une question de jours maintenant...*

Elle n'en peut plus d'attendre ce qui ne vient pas. Elle doit se remettre en marche ou elle finira recroquevillée comme une araignée, derrière un radiateur. La nuit lui offre un hasard. Un type ordinaire. Elle n'a qu'à en faire une chance. On lui sert sur un plateau son heureux élu. Peu importe que l'histoire soit extravagante. Peu importe ce qui se passera vraiment. Elle mentira, inventera, imaginera. Ce sera juste un rêve, pour exister. Une illusion. Une broutille.

Il ne lui faut pas plus de quelques secondes pour taper sa réponse.

Attention derrière toi... La course va être serrée. Je n'ai pas dit mon dernier mot. Moi aussi, j'ai quelqu'un en vue.

Solange et Alix ont annulé le déjeuner du mercredi. Au moment où il y aurait tant de choses à raconter, c'est contrariant. Elle appelle Marie-Sol, qui propose qu'on fasse une dînette chez elle.

Elle s'arrête prendre du pain avant de quitter le quartier. Il y a un raffut de tous les diables dans la boulangerie. Les ouvriers qui viennent chercher leur casse-croûte flirtent avec la boulangère et discutaillent à n'en plus finir, une histoire de souterrain, de galeries en sous-sol, un ragot stupide dont elle se fiche. Pourquoi s'affoler, on sait bien que Paris est un gruyère. Les gens n'ont vraiment rien à faire de leur journée. Ils appellent la boulangère par son prénom comme si c'était un privilège. Cette gourdasse lui refile une baguette trop cuite, elle la foudroie du regard, mais elle est déjà passée à un autre client.

Marie-Sol lui ouvre dans un nuage de parfum. C'est la plus féminine, la plus douce d'entre elles. Elle a du chien, dirait Maman, ce chic décontracté que toutes lui envient. Elle porte une blouse légère, une soie poudrée dont elle n'a pas boutonné le haut. L'étoffe ondoie sur son décolleté.

Elles s'installent à la table de la cuisine et commencent leur bavardage de filles. Marie-Sol a préparé une grande salade et elles se laissent tenter par un verre de vin. À deux, le déjeuner prend une tournure plus intime. Marie-Sol la questionne tout de suite.

« Alors, tu en es où ? »

« J'ai trouvé. Je suis en approche. »

Elles pouffent.

« On le connaît ? »

« Non… »

« Tu l'as rencontré où ? »

Elle boit une gorgée de vin.

« C'est un ami d'ami… Dans le quartier… Je préfère ne pas trop en dire. »

« Je comprends… Il est beau ? »

Une autre gorgée de vin.

« Pas mal… Oui, plutôt. Très beau, même. »

Marie-Sol ouvre des yeux gourmands.

« Quelle chance !… Quel âge ? »

Son verre est vide, elle se ressert.

« Notre âge, environ… Un peu plus jeune… »

« Eh bien, ma chérie, tu me bluffes. »

Marie-Sol semble presque dépitée devant son succès. Elle se sent coupable le temps d'une seconde, un bref embarras, mais qui ne dure pas.

« Et toi ? »

« Oh moi... Je suis nulle... Je n'ai pas avancé d'un pouce. »

Elles se regardent, un peu gênées de livrer leur intimité comme s'il s'agissait d'une banale information technique.

« Elle est pas possible, Solange, de nous avoir embarquées dans cette histoire. »

Il fait chaud dans la petite cuisine. Marie-Sol ouvre la fenêtre qui donne sur la cursive de l'escalier de service. Une odeur de graillon pénètre la pièce, qui les fait plaisanter sur les voisins et la gardienne. Elle ne dit pas combien la réjouissent ces effluves, la lumière assombrie et la réverbération des sons dans la cour. Toute son enfance se concentre dans cette atmosphère bourgeoise.

Puis Marie-Sol se met à pleurer. Elle cache son visage dans ses mains et bafouille entre deux sanglots, c'est si difficile en ce moment, ce défi, un simple jeu, elle le sait bien, mais elle ne peut pas s'empêcher de le prendre au sérieux, et si ça tournait mal, elle pleure dans sa serviette, et si son mari s'en apercevait, et si elle *s'attachait* à l'autre ?

S'attacher ? Ce chagrin la prend de court. Elle n'a rien vu venir. Elle pose sa main sur l'avant-bras de Marie-Sol. Son cœur reste étonnamment étanche. Pire. Elle s'en fiche. La soie du chemisier est d'une douceur presque poisseuse. Elle s'approche. Marie-Sol s'est accoudée, le front dans ses mains. Sa peau est très blanche. Est-elle d'origine slave, ou russe ? Bizarre, avec ce prénom. Son chemisier bâille et elle ne peut s'empêcher de glisser un œil vers le soutien-gorge qui se dévoile, un rouge cramoisi d'une parfaite vulgarité. Son regard se fixe sur la couleur écarlate. C'est stupéfiant. Quelle femme est-on quand on ose ce genre d'extravagance ? En prime, le bonnet est trop petit, ou bien c'est la position, la chair n'est pas contenue, les seins blancs débordent des balconnets, les dentelles se tendent sur la peau compressée, à chaque sanglot, les armatures gémissent. La poitrine est à deux doigts de basculer. Si elle continue à pleurer, les coutures vont lâcher et les seins se libéreront de leur entrave. Elle pourra alors risquer une main dans le chemisier et frôler la peau opaline, n'est-ce pas ce qu'on cherche quand on exhibe une lingerie pousse-au-crime, se faire tripoter, exciter les désirs, et ses dessous à elle, à quoi incitent-ils sinon à l'ennui ?

Marie-Sol se lève et quitte la cuisine. Elle termine son vin et va remplir son verre au robinet. Par la fenêtre, le carré de ciel a pris une teinte d'Orient, comme un jaspe rouge.

Son amie revient, elle débarrasse la table en s'excusant, elle se sent ridicule, il faut qu'elle lui pardonne, ses problèmes doivent l'ennuyer. Elle proteste, bien sûr que non, à quoi servent les amies, elle bafouille, je serai toujours présente si tu as besoin de moi. Marie-Sol se tient au-dessus du lave-vaisselle. Elle s'approche, lui passe les assiettes, les verres sales, et, dans ce ballet de fourchettes et de couteaux se glisse une grâce inattendue, comme une consolation.

Quand tout est rangé, Marie-Sol se redresse. Elle la regarde de ses yeux tristes, gais, incompréhensibles, puis elle s'approche et attrape une mèche de ses cheveux qu'elle lui glisse derrière l'oreille. Valériane, chuchote-t-elle. Valériane et Marie-Sol. Elle répète leur prénom à voix basse et ouvre ses bras. Répondant à l'invite, elle s'y blottit, le visage dans le cou parfumé. Enlacés, leurs deux corps s'emboîtent comme des poupées russes. La soie. La chair moelleuse. Le rouge énigmatique. Dans l'étreinte de Marie-Sol, elle sent soudain la détresse universelle des femmes, la servitude ancestrale aux injonctions, la difficulté à être soi. Dieu que la vie est triste. La douceur des femmes n'appartient qu'aux hommes. Pauvre de nous.

Elles se dégagent et rient, embarrassées, nous sommes idiotes, nous mettre dans un état pareil, si les autres nous voyaient, elles se moqueraient et ce ne serait pas volé. Il est quinze heures passées, les enfants à aller chercher, le dîner à préparer, un mari à bichonner.

Marie-Sol la raccompagne. Sur le palier, elle remarque que son chemisier est reboutonné jusqu'en haut. Dans la rue où la pluie s'est mise à tomber, elle repense à ces petits boutons, glissés ou non dans leur boutonnière, et elle ne sait plus où commence et où se meurt l'innocence. Elle a oublié son parapluie là-haut, mais pour rien au monde elle ne remonterait le chercher. Elle presse le pas, d'un coup impatiente de se retrouver chez elle, dans le silence de sa chambre, dévorée par le regard d'un inconnu.

Nul n'échappe à son désir.

Dégage. Elle est passée devant l'écran et Lola a susurré entre ses dents. Elle se fige, soufflée par la brutalité de sa fille. Mais maman, c'est pour rire ! Tu vois bien qu'on est occupés, là... Tu ne vas pas *encore* te fâcher pour un oui ou pour un non... Elle cherche du regard une solidarité, mais Chimène a ses écouteurs et Bruno est agrippé à la manette de jeu. Tous trois sont rivés à l'écran où des personnages dévalent une piste de ski en poussant des cris de gorille.

Elle bat en retraite dans la cuisine, sort sur le perron et, les mains tremblantes, allume une cigarette, si vite fumée qu'il lui en faut une deuxième sur laquelle elle tire avec avidité. Le tabac aspiré à goulées empressées se diffuse dans ses veines. Dégage. Dans son dos, elle sent une forme d'hostilité nouvelle, comme un champ magnétique qui la repousse. Elle dérange. Son mari et ses enfants ont de moins en moins besoin de ses services. Bientôt, elle leur sera parfaitement inutile. Qui sait comment ils se débarrasseront d'elle ? Dégage. C'est une mise en demeure, une sommation à déguerpir. On ne veut plus d'elle ici. Elle n'est plus bonne à rien.

Elle lève les yeux vers les fenêtres de l'autre côté de la rue. Elle n'a pas revu la silhouette depuis l'orage, bien qu'elle ait souvent épié, comme une voleuse rasant les murs, tous feux éteints. L'immeuble ne donne aucun signe de vie. Son imagination s'est mise en route et échafaude des scénarios sans discontinuer. Que se passe-t-il la nuit en face ? Sont-ils plusieurs à espionner ? Ne regardent-ils qu'elle ? Et ses filles, sont-elles en danger ? Pourquoi ne parvient-elle pas à s'inquiéter ? Elle invente des trajectoires de vie, des destins extraordinaires, des princes déchus, des aventuriers, elle se rêve enlevée par un homme fou d'amour, victime consentante de l'emprise de la passion. Folie des fantasmes. Elle soupire et allume une cigarette.

Un son vient troubler ses divagations, qui monte du fond du jardin comme un râle étouffé. Elle fait quelques pas, guidée par les gémissements, et soudain s'affole. Depuis combien de temps n'a-t-elle pas vu Caspia ? Elle appelle, mon prince, ma beauté noire, réponds-moi, les lamentations se rapprochent, et sous le bosquet de bouleaux, il est là, allongé sur le flanc, sa respiration époumonée soulève la fourrure qui a perdu son lustre. Elle s'accroupit et pose sa main sur le ventre du chat, gonflé, dur comme une pierre. Elle a déjà vécu cette scène. Elle en connaît l'issue. Sa main s'est déjà posée sur un corps agonisant, étendu dans un angle improbable, et a mémorisé le frémissement. C'est la même souffrance dans le corps de son chat. Caspia est en train de mourir. Bruno, Maman, ses sœurs, tous des menteurs. Elle en était certaine. Les drames se reproduisent toujours. Ça a commencé avec Papa. Qui sait comment ça tournera ?

Bruno l'aide à déposer Caspia dans la voiture, mais ne peut pas l'accompagner, il a un *call* – même le dimanche ? demande-t-elle avec aigreur. Oui, même le dimanche, répond-il, comment crois-tu que je peux payer *tout ça* ? Elle roule comme une furie, ne cesse de parler à l'animal dont la respiration se fait plus lente, tiens bon, mon chat chéri, on y est presque.

Quand elle arrive à la clinique, Caspia a cessé de respirer depuis plusieurs minutes. Le vétérinaire la fait entrer dans son cabinet et examine le corps sans vie. C'est un accident, de toute évidence. Un choc violent, peut-être une voiture, ou un coup. L'hémorragie a été foudroyante et remonte à quelques heures à peine.

Elle rentre sans Caspia. Elle a dû le laisser là-bas, dans une boîte froide. Elle conduit lentement, comme si ses réflexes étaient amoindris, dans les rues désertes et sombres. Par leurs fenêtres, les appartements déversent leurs lumières dorées, dans chaque foyer on se prépare pour la semaine qui va débuter – insoutenable douceur pour ceux qui ne veulent pas rentrer chez eux. Elle s'arrête à un feu, laisse passer un cycle, deux cycles. Ses essuie-glaces crissent sur le pare-brise. De l'obscurité émerge une femme en guenilles, tirant à pas épuisés un Caddie rempli de fatras. Malgré l'affaissement de ses épaules et son corps ramassé, elle ne doit pas avoir plus de trente ans. Les phares de la voiture allongent sa silhouette, deux sabres longilignes qui empalent une masse hirsute. Elle marche pieds nus sur l'asphalte mouillé.

De retour à la maison, elle se concerte avec Bruno. Ils décident d'attendre pour annoncer la nouvelle aux filles, les préparer au choc, les ménager. Éviter les drames.

« Le véto a dit que l'accident avait eu lieu dans la journée. Je ne comprends pas ce qui a pu se passer… »

Bruno est sur son téléphone, il épluche ses mails.

« Sais pas… Ce n'était pas un chat d'extérieur, c'était une connerie de le laisser sortir. Il a dû tomber sur plus fort que lui. »

Elle s'approche, voudrait qu'il l'enlace, sa peau réclame une autre peau, être bercée comme par les bras de Marie-Sol, emportée, oublier. Effacer de sa mémoire le corps épuisé de la clocharde, la boîte qui renferme la dépouille de Caspia, arrêter de penser que la prochaine fois, ce sera son cadavre qu'on jettera sur la banquette arrière d'une voiture.

« Ne t'inquiète pas, on en achètera un autre. Je vais contacter l'éleveur, il suffit d'attendre une portée. Je vais prendre une assurance sur le prochain, ça coûte une blinde, ces petites bêtes… Les filles n'y verront que du feu. »

Il l'a prise dans ses bras et frictionne son dos comme pour y faire circuler le sang.

« Va préparer le dîner. Fais-nous des crêpes. Change-toi les idées. Essaie de ne plus y penser. »

Une fois les filles couchées, elle laisse Bruno devant le film et prétexte la fatigue pour monter. Par la fenêtre de l'escalier, elle scrute la nuit profonde. Es-tu là ? Au troisième, elle croit apercevoir la silhouette sombre – ou bien est-ce une illusion ? S'il y avait quelqu'un pour elle, une paire d'yeux, une âme, rien qu'une petite âme, peu importe à qui appartiennent les yeux et ce qu'ils viennent chercher, il suffirait d'un homme, quel qu'il soit et quoi qu'il veuille – s'il se soucie d'elle, elle serait sauvée.

Elle entre dans sa chambre et allume les lampes. La lumière éclate, merveilleuse gerbe d'or dans l'écrin d'ivoire. Elle enlève ses chaussures et avance lentement jusqu'au centre de la pièce, face aux fenêtres enténébrées.

Elle redresse ses épaules.

Elle commence par ses chaussettes qu'elle retire comme les plus fins des bas. Elle ouvre son jean et s'en dégage, une jambe après l'autre, puis son pull, sa chemise qu'elle déboutonne avec une grâce dont elle s'ignorait capable. Elle reste un instant face à la fenêtre, en sous-vêtements. Elle ne tremble pas. Elle sent son cœur battre, déterminé.

Regarde-moi.

Elle dégrafe son soutien-gorge. Les baleines se décollent et libèrent sa poitrine comprimée. Enfin à l'air libre, ses seins respirent, comme caressés par un vent. Elle glisse ses mains sur ses hanches, sous sa culotte et fait coulisser l'étoffe vers ses pieds.

Son corps nu se dresse vers la fenêtre. Regardez-moi. Le ventre verrouillé, poitrine en avant, pieds dans le sol, elle s'offre à tous les regards. La peau délestée de ses oripeaux, ces recoins et ces replis, toute cette chair exposée est à elle. Elle en fait ce qu'elle veut. Elle écarte les bras pour ne rien dissimuler et avec lenteur, application, elle se met en mouvement. Elle veut se montrer sous toutes ses facettes. Qu'*il* n'en perde pas une goutte. Elle tourne sur elle-même, dans un sens puis dans l'autre. Ses poumons s'enflent. Nimbée de la lumière enchanteresse, sous le regard hypothétique d'un autre, elle reprend vie. Jusqu'à s'en donner le vertige, jusqu'à la certitude que les yeux d'en face se sont rassasiés de sa nudité, jusqu'à l'épuisement.

Elle se couche apaisée. Elle n'entend pas Bruno monter et dort sans trêve jusqu'au matin.

« Et si on avait un troisième ?

« Un troisième quoi ? »

« Un enfant. Je veux un troisième enfant. »

« Je ne comprends pas... »

« Tu ne comprends pas quoi ? Deux enfants, c'est plouc. C'est M. et Mme Tout-le-Monde. La classe, c'est trois enfants. Tous nos amis en ont trois, au moins. Quand on a les moyens, une famille, c'est trois enfants. On est encore jeunes. On peut se le permettre. Pour le quatrième, on verra. Quatre, ça en jette vraiment. »

« Attends un peu... »

« En plus, je veux un garçon. »

Bruno a ouvert la portière de sa voiture, pend sa veste au dossier du siège passager et dépose sa sacoche sur le sol. Il est prêt à partir. Il actionne la télécommande du garage qui s'ouvre sur la rue grise.

« Ma chérie, ce serait l'occasion de t'arrêter pour de bon. Je ne supporte plus de te voir travailler pour *rien*. Va demander à ton gynéco, tu peux faire un régime spécial pour avoir un garçon, tu ne manges plus de je ne sais quoi, on fait l'amour certains jours de ton cycle, dans certaines positions. Renseigne-toi. J'en ai déjà parlé aux filles, elles sont emballées. C'est un beau projet, réfléchis-y. Et tu sais qu'à trop hésiter, il ne sera bientôt plus temps pour toi. On a déjà trop attendu. »

Elle boutonne son manteau, l'air est glacé ce matin. Son sang est à l'arrêt dans ses veines. Il faudrait un miracle, à cet instant, pour qu'elle sache quoi dire.

« Cache ta joie, dis donc. »

Elle supplie en silence une force suprême, mais sa prière reste vaine. Elle est seule dans ce garage, dans une vie qui la fane chaque jour. Sa gorge s'est nouée. Aucun son ne peut en sortir.

« Ta réaction fait plaisir. Je te propose de faire un enfant, et toi, tu ne trouves rien de mieux que d'admirer tes chaussures. Qu'est-ce qui t'arrive en ce moment ? Tu fais la gueule en permanence depuis qu'on s'est installés ici. Et moi qui me défonce pour notre famille… »

Elle fouille son sac à la recherche d'une cigarette. Ses mains tremblent quand elle ouvre le paquet. Bruno envoie valdinguer la cigarette. Elle en attrape une autre, grelottante, il récidive, écrase la cigarette dans sa main et la balance à travers le garage.

« Arrête de cloper. Dis un mot. Réagis. Parfois, j'ai l'impression d'être marié à un mollusque. »

Elle ne peut toujours rien articuler. Elle fait le tour de sa voiture, s'assied, referme sa portière et met le contact.

Bruno assène un coup de poing sur le capot.

« C'est ça, casse-toi. Si tu crois que c'est comme ça que ça va se passer. On n'a pas fini d'en parler, de l'enfant et du reste. »

Elle démarre et s'engage dans la rue. Dans le rétroviseur, Bruno, de plus en plus petit, s'agite comme si un ver de terre s'était glissé sous sa chemise.

Elle arrive au bureau dans un violent état de manque – manque d'air, d'espace, d'horizon. La question de sa survie semble à présent engagée. Il va falloir réagir. Comme dit Bruno, il ne lui reste pas beaucoup de temps.

Toute la journée, comme un singe dressé, elle parvient à donner le change. Elle s'affaire, discute, imite les gens qu'elle croise, elle se déplace, sourit, lève un sourcil, hausse les épaules, elle peut même déguiser son regard et feindre la joie, l'intérêt, l'entrain. Autour d'elle, d'autres hommes et femmes font de même sans qu'il soit possible de soupçonner qu'eux aussi sont des marionnettes et que la vie est un funeste Guignol. Vers seize heures, alors qu'elle végète derrière son bureau, le curseur sur l'écran de son ordinateur se met à battre de façon anarchique et finit par s'arracher pour venir frapper de plein fouet ses pupilles. Elle a un mouvement de recul, cligne des yeux, ça brûle, et soudain il lui semble que les portes de la perception s'ouvrent, révélant un autre monde, peuplé de chausse-trapes et de trompe-l'œil. Son bureau se métamorphose lentement, l'image se troue et laisse émerger le verso du réel. Face à elle, une porte a fait son apparition, qui ouvre sur un panneau plein. Les murs s'irisent de pourpre, reflétant les sables mouvants qui perforent le sol de nids de poule, comme des cratères. Par la fenêtre, il pleut, des gouttes bulbeuses qui remontent de bas en haut, aspirées par le ciel. Elle boit quelques gorgées de son thé. Sa tasse ne se vide pas. C'est étrange, ce thé qui refuse de se laisser avaler. Elle verse le liquide tiède sur la terre de sa plante verte. Les racines absorbent l'eau dans un gargouillis spongieux. Sur son bureau, la poussière s'est accumulée. Du bout de son index, elle trace une boucle et observe le résidu sur la pulpe de son doigt. De la grenaille. Ça ne peut pas continuer. Elle va perdre pied.

On est jeudi – en fin de journée, elle va au yoga. Elle se change, s'allonge sur son tapis. Les yeux au ciel, toujours dotée de double vue, elle saisit le réel et son envers. Le professeur énonce les consignes. Vous êtes une bulle de savon dégagée de toute gravité, vous transitez du dehors au dedans. Dehors, il y a sa peau, souple, qui ceinture son corps d'une apparence cohérente. Dedans, la couche inférieure est en titane. Le métal comprime tout, viscères, sang, humeurs, veines en rhizome, organes, déchets. La carapace est douloureuse, rigide, n'autorise aucune modification. Elle suffoque, étouffée dans sa propre enveloppe. À l'intérieur aussi, elle est régentée par des forces sur lesquelles elle n'opère aucun contrôle. Elle passe la main sur son corps, ne sent rien – l'insensibilité est-elle le fait de sa paume ou sa peau ? Et soudain, alors que la leçon tire à sa fin, quelque part au tréfonds de cette matière désaffectée, dans un cachot où les murs sont si rapprochés qu'il ne peut contenir autre chose qu'une émanation décharnée d'elle-même, un ectoplasme pâle et abandonné prend la parole et chuchote, pars.

Elle prend le RER. La voix ne s'arrête pas. Pars. Quitte le monde des illusions. Pars. Arrache-toi à ta condition. Pars. Pars.

Le jeudi, elle rentre tard. Les filles seront affamées, de mauvaise humeur. Bruno, déjà à la maison, sera agacé par la conversation avortée de ce matin, par le dîner tardif, ou bien retenu au bureau ou chez sa pute, où qu'il soit, même sous les roues d'un camion, il n'est plus l'heure de s'en préoccuper. Elle se tient debout dans la rame, adossée contre la porte du fond, glisse, coule, se délite dans le refrain qui ne se tait plus, pars, pars, pars.

Assis à quelques mètres, un homme lui tourne le dos. Elle ne distingue que ses épaules et ses cheveux bouclés, une silhouette anonyme que pourtant elle reconnaît. L'homme est immobile, d'une raideur singulière que même les vibrations de la rame ne peuvent ébranler. Les stations se succèdent. Elle ne quitte pas des yeux les cheveux blond terne, un peu dégarnis, fins comme des cheveux d'enfant attardés sur un crâne adulte. Puis la tête de l'homme pivote et apparaît un profil harmonieux, beau au sens classique du terme, un visage anguleux, architecturé, presque cubiste, grand front, nez droit et long, mâchoires larges. Elle distingue une joue criblée de rides profondes, un sourcil épais et une orbite creuse, un trou cendreux. Le métro ralentit. L'homme se lève vers la sortie. Dieu qu'il est grand. Elle le laisse prendre de l'avance et au dernier moment, sort à son tour – c'est sa station aussi. Il avance lentement, le pas lourd, un peu traînant, en direction de chez elle. Est-ce possible qu'une silhouette entraperçue une nuit d'orage soit aussi reconnaissable ? Elle le suit, comme s'ils rentraient ensemble, prend garde à ses distances bien qu'il ne se retourne jamais. Dans ses pas, elle s'efforce de respecter la cadence, un tempo vagabond, plus lent que son allure habituelle, une flânerie. Elle n'est pas habituée. À marcher si lentement, il lui semble qu'elle court depuis des années, toujours pressée, en perpétuel retard, à la poursuite d'un horizon qui s'éloigne à mesure qu'elle s'approche. La marche ralentie dans les rues obscures, le claquement de ses talons sur le bitume, le dos de l'homme pris dans son caban, le balancement chaloupé comme dans son rêve font naître en elle un désir étrange, comme si elle se réveillait de léthargie. Sans surprise, l'homme s'engouffre dans l'immeuble en face de sa maison.

Après le dîner, elle recommence. Se souvenant de la promenade nonchalante, elle se déshabille en pleine lumière et s'offre à la nuit. Voluptueuse, enjôleuse, oublieuse de l'heure et du lieu, sous un regard incertain, elle se dénude et reprend corps. La voix ne la quitte pas et ponctue sa parade. Pars. Les yeux d'en face deviennent une béquille, vitale échappatoire, paradis artificiel et salutaire. Alors qu'elle tourne sous les feux de sa chambre, elle est ailleurs, déjà un peu partie.

La boulangère a disparu. La nouvelle n'a rien de passionnant. Un non-événement qui n'intéresse que les fainéants. Un de ces incidents insignifiants qui gâchent la salive des passants.

La boulangère a disparu sans préavis. Sa disparition a de remarquable qu'elle est brutale. Du jour au lendemain, évaporée. Elle a pris de court les curieux. Est-ce un accident ? C'est effroyable. Un enlèvement ? Peu probable. Pire ? Inconcevable.

La boulangère a disparu sans préavis, *sine die*. Qui peut dire quand et si on la reverra ? Pas de message. Pas de lettre. Téléphone déconnecté. Les gens qui comptent sur elle n'ont qu'à s'en remettre à la providence.

La boulangère a disparu sans préavis, *sine die*, et tout porte à croire que c'est un fait exprès. Elle s'est fait la malle. Elle s'est tirée. Elle a pris le large. Que s'est-il passé ? Un trop-plein, une goutte d'eau, une occasion qui ne se refuse pas, la folie, un glissement vers le désespoir – ou l'espoir ?

La boulangère a disparu sans préavis, *sine die*, et tout porte à croire que c'est un fait exprès – c'est fascinant. Elle marche vers chez elle, tenant la pyramide de papier qui contient les pâtisseries des filles, et elle essaie de se rappeler à quoi ressemble la boulangère. Brune ou blonde ? Brune, plutôt. Jeune. Un prénom de cartomancienne. Très maniérée, maquillée, bijoutée. Qu'importe. Cette capacité à s'extraire de la vie la subjugue. La boulangère a obéi à sa voix intime. Elle ne s'est pas embarrassée de détails. Elle est partie.

Si cette nigaude l'a fait, pourquoi ne pourrais-je pas y arriver ?

Elle est arrivée devant chez elle. La masse de sa maison se dresse, hautaine. La voiture de Bruno est stationnée devant le garage. Derrière le portail, les haies impeccablement taillées. Elle lève les yeux. De ses fenêtres s'échappe la lumière dorée. Un lierre touffu grimpe sur la pierre. C'est confortable. C'est sa vie. Elle regarde plus haut encore. Dans le ciel s'éteignent les dernières lueurs du jour. C'est l'heure entre chien et loup.

Si cette nigaude l'a fait, pourquoi pas moi ?

Elle se tourne vers l'autre côté. L'immeuble assombri est un navire silencieux qui flotte sur place. Il ne demande qu'à lever l'ancre. Un coup de vent soulève la poussière et fait claquer les drisses. Il attend le signal du départ.

Tous mes adieux sont faits, se dit-elle en enclenchant la clé dans la serrure. La porte s'ouvre sans effort, et de l'étage fuse une voix chantante :

« Maman, je veux un poisson rouge ! »

Si cette nigaude l'a fait, je le ferai aussi.

Elle commence par le travail. C'est le moins engageant. Elle demande à voir son patron, qui la reçoit entre deux rendez-vous, énervé derrière son bureau en foutoir, comme s'il lui rendait service.

« J'ai besoin de m'arrêter. »

Il cesse de s'agiter et la regarde d'un air contrarié. C'est un gars fringant, plus jeune d'au moins dix ans, un ambitieux qui n'apprécie guère de gérer les frustrations des autres.

« Vous arrêter ? De quoi parle-t-on ? »

Elle regrette d'un coup de ne pas avoir mieux préparé l'entretien. Ça s'annonce pénible.

« M'arrêter, une semaine ou deux. »

« Ah, c'est ennuyeux, ça. Déjà qu'on est en sous-effectif… Et en pleine préparation des plans à trois ans… »

Il regarde sa montre, puis son écran, sans doute déjà en retard pour son prochain meeting.

« Je vais m'occuper de dispatcher les dossiers. Je sais que ça désorganise le service, mais c'était non prévisible. Une urgence. Un pépin de santé.

« Ah... Vous avez un arrêt maladie ? »

Elle n'a pas pensé à ça.

« Euh... Non. »

Il pose ses mains sur son désordre de papiers.

« Un pépin de santé sans arrêt de maladie, voyez-vous ça... »

Elle se tait. Il n'est rien qu'elle puisse faire pour contenter son patron. Il est comme les autres.

Il attrape l'agrafeuse et l'actionne dans le vide. Une petite griffe cuivrée jaillit de la mâchoire et vient rebondir sur le bureau.

« Sans arrêt de maladie, comment dire, vous ne pouvez pas vous arrêter... »

« Je peux poser des vacances, s'il m'en reste, ou prendre un congé sans solde. »

« C'est quoi, cette histoire ? Vous êtes malade ou pas ? Faudrait savoir, parce que si c'est pour prendre des vacances, je ne suis pas obligé d'accepter. »

Elle n'a rien anticipé, pas même pensé à remplir le formulaire de demande de congés. Sa conduite dilettante l'étonne et ne lui déplaît pas. Elle ne peut réprimer un sourire.

« Et en plus, ça vous fait marrer ? Vous vous foutez de moi, en fait. C'est un pari entre collègues ? Un gage ? »

Et hop, encore une agrafe dans le vide.

« Non, pas du tout. Pardonnez-moi. Je vais vous déposer une demande cet après-midi. »

« Je n'ai pas dit oui. Combien de temps ? »

« Disons deux semaines, peut-être plus. »

« Et vous allez mettre quoi dans les cases ? "Peut-être plus" ? »

Elle commence à en avoir assez. Elle n'a pas que ça à faire. Il est le premier sur une longue liste. On ne va pas épiloguer, elle part, c'est tout.

« Je n'ai pas le choix. S'il y avait une autre solution, je ne serais pas là. »

« Vous vous comportez comme si vous étiez seule à décider, comme s'il n'y avait pas de conséquences. Je vous conseille d'y réfléchir à deux fois. Vous avez une place confortable, quasi pas de comptes à rendre, on vous fait confiance. Partir, sur un coup de tête, sans se demander si c'est possible... Ce n'est pas raisonnable... Irresponsable, même. Vous devriez penser à votre avenir... »

Clac, une catapulte.

Elle se lève. Oui, il est temps de penser à l'avenir.

« Et c'est pour quand, ce petit *break* ? »

Il torpille son bureau de projectiles métalliques. Dans dix jours, c'est les vacances scolaires, ça tombe bien, les filles seront loin.

« Disons, fin de semaine prochaine. »

« Ah oui, tout de même… Et pourquoi pas demain, tant qu'on y est ! »

Demain. Soudain, elle est rattrapée par les agendas, l'organisation… C'est demain. C'est fantastique.

Elle s'échappe du bureau avec la certitude qu'elle n'y remettra plus les pieds. Son chef pousse un soupir exaspéré. Il regroupe les agrafes en un petit tas qu'il fait glisser dans un gobelet rempli de centaines d'autres, puis il attrape son téléphone et toute la journée s'indigne auprès de ses collègues qu'en quinze ans de carrière il n'a *jamais vu ça*.

Toute la semaine, elle est électrisée par le sentiment de mettre ses affaires en ordre. Elle prévient sa masseuse, son coach, son prof de yoga, prend rendez-vous chez le coiffeur. Elle vérifie les factures pour ne pas laisser d'impayés, prépare le règlement de la femme de ménage, des cours de piano. Elle fait un gros marché pour stocker les produits d'entretien et l'épicerie, remplit les placards de médicaments de première nécessité, vérifie les stocks de chaussettes des filles. Elle trie les papiers en attente, répond aux courriers laissés de côté, renouvelle les abonnements aux magazines.

Elle se plante devant sa penderie et remplit de gros sacs pour Emmaüs. Se débarrasser des vieilleries accumulées sans discernement.

Bruno s'exclame.

« Quelle énergie ! Une vraie tornade blanche ! »

Elle sourit. Lui, il sera le dernier à savoir.

Il s'approche et l'enlace alors qu'elle est en train de trier des pulls dans le dressing.

« Tu sais que tu es sexy quand tu t'actives comme ça… Tu dégages des phéromones ou quoi ? Ce serait le bon moment pour le faire, ce troisième… »

Il l'embrasse dans la nuque et se frotte contre ses fesses.

« Dommage que les filles soient rentrées, sinon je te prenais, là, debout, comme des ados… »

Il a pris sa voix de plaisantin, content de lui et de son érection toujours au rendez-vous. Elle sourit encore.

« On s'entend bien en ce moment. C'est cool. Tu vois, c'est tout de suite plus facile quand tu y mets du tien, quand tu te détends… »

Il l'embrasse puis se dégage.

« Je vais proposer un ciné aux filles. Tu veux venir ? »

Il quitte la pièce sans attendre sa réponse.

Son téléphone sonne, c'est Maman. Elle s'assied. Ça peut prendre longtemps.

« Ma chérie, comment vas-tu ? Dis-moi, j'ai appris la nouvelle ! »

« Quelle nouvelle ? »

« Iris est ravie, Camélia aussi. Et moi, je peux te le dire maintenant, je me désolais de te voir si peu encline à continuer.

« Continuer quoi, Maman ? »

« Il n'est pas déjà en route, au moins ? »

« Mais qui, à la fin ? »

« Voyons, Valériane, ne fais pas de chichis. Bruno nous a demandé de ne pas t'embêter avec ça, que tu étais fatiguée, il a parlé d'un traitement ou je ne sais quelle ânerie, comme si tu étais malade ! Tu es une coriace, le cuir solide, comme moi. Tu tomberas enceinte comme on attrape un rhume, en un battement de cils. »

« Maman, cette conversation est… un peu… prématurée… »

« Ma chérie, tu fais le bon choix. Le jour où ton horloge biologique s'arrêtera, tu n'auras plus que tes yeux pour pleurer. Crois-moi, je sais de quoi je parle. Papa serait enchanté aussi, lui qui aimait tant les enfants… »

Elle raccroche quand Maman a fini de soliloquer. Il y a urgence à partir, sinon, elle se connaît, il ne lui sera plus possible de résister. Elle finira par le faire, ce troisième enfant. Elle n'a pas dit non. Ne pas dire non, c'est presque dire oui.

Maman sera l'avant-dernière à savoir, juste avant Bruno.

Elle descend au premier et toque à la chambre de Chimène.

« Quoi ? »

« Je peux entrer ? C'est Maman. »

Chimène est allongée, ordinateur sur les genoux, téléphone à la main, casque sur les oreilles.

« Ma princesse aimée, ça va ? »

« Oui. »

« Tu travailles ? »

« Oui. »

« Tu as faim ? »

« Non. »

« Tu as besoin de quelque chose ? »

« Noon. »

Elle sait ce qui se joue. Elle est dans son rôle de mère attentionnée et exaspérante, et Chimène dans celui de l'adolescente revêche. Tout est en ordre. Pourtant, elle ne peut s'empêcher de se sentir meurtrie.

« Chimène chérie, pendant vos vacances, je vais partir quelques jours pour le travail. Un séminaire. »

« D'acc. »

« Je ne pourrai pas vous appeler facilement. »

« D'acc. »

« Ça te va ? »

« Ben oui. Ça nous changera, que t'appelles pas tous les jours pour vérifier qu'on est en vie. »

Elle tente de sourire, de prendre les paroles de Chimène à la légère.

« Si tu veux, je n'appelle pas du tout. »

« Tout de suite, les grands mots ! Tu en es incapable de toute façon. »

La chambre de sa fille est étonnamment ordonnée. Rien ne traîne, ni sur le bureau ni par terre. Elle peut partir sans crainte, Chimène se prendra en main.

« Bon… Ben… Salut ! »

« Salut. »

Elle passe à Lola. La porte est grande ouverte. Lola assise en tailleur sur le sol joue avec ses Lego.

« Hello, ma Lolita. Tu t'amuses bien ? »

« Oui. »

« Tu as besoin d'aide ? »

« Non. »

Elle s'assied à côté de sa fille et embrasse sa nuque. Celle-là aime encore les câlins – enfin, elle croit.

« Maman, arrête ! »

« Ma grenouille, c'est parce que tu sens trop bon, je ne peux pas résister. »

« Ben, fais un effort… »

Elle regarde sa fille emboîter avec dextérité les pièces minuscules dans une sorte de vaisseau. Ses doigts sont agiles. Elle est solide. Comme sa sœur. Elle s'en sortira aussi.

« Bon, je te laisse tranquille. »

Lola ne répond pas, sa petite langue rose tirée entre ses lèvres. Inutile d'affoler ses filles. C'est son histoire qui s'est mise en marche, pas la leur.

Dans le salon, elle se laisse tomber dans le canapé. Elle attrape son téléphone et envoie un message groupé à ses amies.

Je vais manquer deux ou trois de nos déjeuners, pour cause de réunions/rendez-vous importants. Sorry girls ! Je n'oublie pas notre petite affaire, en bonne voie…

Elle lit les réponses, mi-réprobatrices, mi-blagueuses, fait quelques commentaires puis les textos se tarissent. Chacune est retournée à ses obligations.

C'est simple, finalement. Personne n'a vraiment besoin de vous. Votre solitude est sans bornes. On la comprend, la boulangère. Quand un train passe, il faut savoir monter dedans. Votre seul salut, c'est de vous réinventer. Vous recomposer. Vous réformer. Vous libérer des préjugés du sens commun qui grandissent en vous sans le consentement de votre raison. C'est le propre de la nature humaine. Ça s'appelle la liberté.

C'est quand il est temps de faire sa valise qu'elle s'inquiète. Il y a un détail qu'elle a négligé, et pas n'importe lequel. Elle n'a pas la moindre idée de l'endroit où aller.

Elle téléphone à Iris depuis la voiture. Avec le mauvais réseau, la voix qu'on est obligé de forcer pour couvrir les bruits, elle espère que ce sera plus simple – comme lorsqu'on est enroué et que notre voix altérée ne nous appartient plus vraiment. Sa sœur est le seule personne à qui elle voudrait tout dire. Elle voudrait lui demander si Papa la faisait s'asseoir sur ses genoux, elle aussi, mais il ne peut en être question. Alors elle emprunte des chemins de traverse dans l'espoir que ses interrogations muettes parviendront jusqu'à Iris.

« Je vais partir. »

Elle ne sait pas ce qu'elle dit vraiment. Sans doute reste-t-elle évasive. Iris ne semble pas saisir les équivoques tissées dans son discours. Les deux sœurs parlent sans rien se dire. Elle raccroche avec le sentiment d'une occasion ratée.

Elle appelle Camélia. Répondeur. Elle laisse un message enjoué. L'impression de vide s'accentue. Elle a mal au ventre, une douleur qui prend sa source au plexus et compresse ses boyaux.

C'est au tour de Maman. La voix despote jaillit dans son oreillette et l'envahit d'un découragement subit. Elle ne pourra jamais se faire entendre. Maman est très agitée, il est question d'un dîner de cousins à Villers dans dix jours. Vous ne pouvez pas le manquer, s'énerve-t-elle, ça fait des mois que j'essaie de le monter. Elle n'argumente pas. Tourne la tête vers le côté et regarde dehors. Dans l'embouteillage, d'autres voitures sont à l'arrêt, des hommes et des femmes dans leur habitacle, comme elle envoyant des paroles sur les ondes, des espoirs, des reproches, des désillusions. Puis s'intercale entre deux portières une grimace, une dégaine en guenilles, une bouille d'enfant maculée de taches. C'est une fillette, de l'âge de Lola. Des yeux suppliants et, sur les lèvres, un rouge flamboyant. Elle verse un liquide bleu sur le pare-brise qu'elle étale de son chiffon crasseux. Dieu que c'est contrariant. Elle secoue la main et proteste, elle ne veut pas que cette gamine touche à sa voiture. Elle déclenche ses essuie-glaces, s'énerve, klaxonne, Maman demande ce qui se passe, la fillette arrête son lessivage et vient coller son front contre la vitre de la portière, il ne faut rien leur donner, décrète Maman, l'argent part pour l'alcool du père, va-t'en, crie-t-elle en direction de l'enfant, elle ne veut pas voir la bouche implorante et le regard misérable, calme-toi, dit Maman, ce n'est qu'une tzigane, n'en fais pas un drame, les larmes sourdent sous ses paupières, fous le camp, mais qu'est-ce qui te prend, nom d'une pipe, tu es effrayante avec tes sautes d'humeur. Les cris finissent par décourager la fillette soudain furieuse, son visage d'enfant évanoui, elle prend un air d'adulte, un faciès de femme enragée, et avant de se diriger vers une autre automobile, crache avec violence contre la vitre.

Elle pousse un cri de stupeur, comme si le crachat avait atteint son visage. La mousse visqueuse glisse sur le verre, à quelques centimètres de ses yeux. Maman vocifère toujours, mais elle n'écoute plus. Le feu passe au vert, elle démarre en trombe et à mesure qu'elle se rapproche de sa maison, accélère encore, prise par la nécessité impérieuse de partir le plus vite possible. Elle ne supporte plus qu'on lui crache à la figure. Elle conduit n'importe comment, elle brûle les feux, slalome, esquive, un jour de plus et elle en crèvera. La voix de Maman s'est tue, sans doute a-t-elle raccroché, les rues se sont vidées, vite, plus vite, les passants n'ont qu'à bien se tenir, cet homme sur sa droite, qu'il attende, l'idiot, ne voit-il pas qu'il y a urgence, il ne prend pas garde, comme s'il voulait se jeter sous ses roues, elle va si vite, comment l'éviter, au dernier moment elle freine, sa voiture fait une embardée et s'immobilise dans un hurlement de caoutchouc.

La silhouette s'effondre sur son capot. A-t-elle tué quelqu'un ? Elle ne bouge pas, les mains agrippées au volant, à bout de souffle. La voiture cliquette. C'est un homme sur son capot, aux cheveux frisés, des cheveux d'enfant blond terne, parsemés sur le haut du crâne. La silhouette se redresse. Pas de sang. Le visage de l'homme émerge du caban – mon Dieu, c'est le caban qu'elle a filé l'autre jour... Elle baisse la tête, enfonce son menton dans sa poitrine. Elle devrait sortir, s'enquérir, appeler des secours, peut-être est-il blessé, elle aurait pu le faucher, elle a échappé au drame, et s'il y avait des témoins, elle doit se manifester, prendre ses responsabilités – mais elle est pétrifiée. Elle ne peut pas croiser le regard dans lequel elle imprime chaque soir sa silhouette. Le regard qu'elle vole, l'objet de sa concupiscence absurde, son délire de femme éperdue – elle voudrait disparaître.

L'homme ne manifeste aucune émotion. Il reste sur place, sous le choc sans doute. Il ne bouge pas, n'ouvre pas la bouche. Il ne vient pas vers elle. Il se tient debout au milieu du carrefour, ni effrayé ni en colère, statufié, comme en catalepsie. Pas un souffle. Arrêt sur image. Un repos suspensif dans la fuite du temps. Puis il tourne les talons, fait un pas, titube, un autre pas, et il se traîne vers le trottoir d'en face, la jambe lourde et hésitante, voûté comme un vieillard. Il se hisse péniblement et s'éloigne en claudiquant jusqu'à disparaître au coin de la rue. Il l'a superbement ignorée. Comme si elle n'existait pas.

Alors la voix s'élève, d'un coup, rageuse, dans un sursaut de révolte. Hé toi, là-bas ! Tu passes devant moi sans me voir ? Je m'offre à toi chaque soir et tu ne me regardes pas ? Je dépéris, et tes yeux glissent sur moi ? Même toi ? La voix s'épuise dans le silence de la voiture. La silhouette de l'homme a disparu. Il a passé son chemin, indifférent. L'indifférence, voilà le mal qui la ronge. L'indifférence creuse, de ses griffes corrosives et infatigables, un trou qu'elle ne peut plus colmater et à travers lequel son être s'écoule. Elle fuit. Bientôt, ce sera le néant.

Elle redémarre quand la voix reprend son antienne. Pars. Oui. Demain, elle partira. Elle ira se confronter, s'exposer de sorte qu'on ne puisse plus détourner le regard. Elle ira vérifier si elle existe *pour de vrai*.

[illegible] de sa [illegible] silhouette de l'homme a disparu. Il [illegible]

[illegible] quand [illegible] reprend son [illegible] elle partit. [illegible]

Sans savoir pourquoi, elle sert une autre version à Bruno. Au fil de la discussion, elle enjolive le mensonge, un séjour de thalassothérapie avec massages ayurvédiques, yoga et régime détox. Il s'étonne, deux semaines, mais tu vas te faire chier ! Elle hoche la tête en singeant son air bonhomme, mais oui, je vais me faire chier, mais au moins je vais me reposer. La mascarade est jouissive. Il réfléchit quelques secondes, et les filles ? Elles sont en vacances, Lola au centre équestre, Chimène chez ses cousins. Ah oui, suis-je bête... Et les courses ? La bouffe ? Tu n'es jamais partie si longtemps... Il reste pensif, le temps de digérer. Elle visualise le cheminement de sa pensée, quinze jours, c'est long, mais c'est court aussi, si on en profite pour faire des golfs, regarder la télé sans limites, aller faire un tour, deux tours, trois tours à l'Impertinent, club privé à Paris où les hommes vont sans leur femme, et toutes les autres possibilités auxquelles elle ne veut même pas penser. Et quand la petite sauterie prendra fin, il sera bien heureux de retrouver sa femme chérie, qui, détendue par sa remise en forme à plus de mille euros la semaine, le bichonnera sans lui briser les couilles. Il sort de sa rêverie et dit, tu as raison, ma chérie, pense à toi, fais-toi plaisir. Il ne s'inquiète pas d'être mis au courant la veille du départ. Il ne s'enquiert pas de l'endroit exact où elle va, ni si elle sera seule ou accompagnée. C'est d'une facilité déconcertante. C'est humiliant. C'est criant d'évidence.

Le soir, elle fait sa valise. Elle hésite, voudrait voyager léger, ne sait pas faire. Par la fenêtre de sa chambre, l'immeuble d'en face est une eau énigmatique. Demain, elle passe de l'autre côté. Elle s'endort avant que Bruno ne monte.

Le matin, tout s'enclenche comme d'habitude. Bruno quitte la maison de bonne heure. Elle fait son lit, range la salle de bains, sort un steak du congélateur. Inspecte les chambres des filles. Froide, méthodique. Elle boucle sa valise. Elle prend son temps, s'occupe une bonne partie de la journée – rien ne la presse, ou est-ce une façon de retarder l'instant ?

Soudain, elle s'affole. Et si les volets descendaient d'un coup, sans qu'il ne soit possible de les stopper ? Et si les sourires et les paroles bienveillantes de Bruno dissimulaient une machination, actionnée à distance, qui la retienne prisonnière pour l'éternité ? Elle descend quatre à quatre les escaliers, court à la porte. Elle s'ouvre sans problème sur le jardin verdoyant, les volets sagement enroulés dans leur caisson. À quoi s'attendait-elle ? Est-elle déçue de ne pas être retenue ?

Elle éteint les lumières, vérifie les robinets.

Elle descend sa valise – trop lourde malgré ses efforts.

Elle fait un dernier tour dans le salon, range une revue qui traîne.

Elle enfile son manteau, met son écharpe, ses gants. Vérifie son reflet dans le miroir de l'entrée.

Elle éteint son téléphone portable et le range dans une pochette au fond de son sac.

Elle ferme derrière elle et met les clés avec le téléphone.

Elle traverse la rue. Sa valise à roulettes bringuebale sur le bitume.

Elle ne regarde pas en arrière.

Elle entre dans l'immeuble. Ça sent la cave.

La valise racle sur l'escalier étroit et résonne dans toute la cage.

Elle sait qu'il faut s'arrêter au troisième étage.

Il n'y a qu'une porte. Pas de sonnette. Son cœur se tord. Du poing ganté, elle frappe un coup. À peine audible. Étourdissante, la peur s'abat et la propulse dans un état de conscience paradoxale, une clairvoyance qui lui intime de faire machine arrière tandis qu'une force contraire prend le contrôle de son bras. Elle tape encore sur la porte. Et s'il n'y avait personne ? Ce serait une belle mascarade. Tambouriner sur la porte d'un inconnu, avec sa valise ridicule. Encore, plusieurs fois, sur la porte close. Si ça tarde trop, elle va hurler, défoncer le bois malingre.

Des pas à l'intérieur. Mon Dieu, qu'est-elle en train de faire ? Est-il encore temps de fuir, abandonner son bagage et courir dans la rue jusque… Jusqu'où ?

La porte s'ouvre sur un géant, le bras dressé au-dessus de la tête. Quelque chose brille dans sa main. Il est immense, occupe toute l'embrasure de la porte, et elle se sent rétrécir devant l'énormité de la corpulence et de la situation, elle se ratatine dans son manteau, voudrait disparaître dans les plis roses.

Il baisse le bras, baisse les yeux, baisse la tête.

Il dit, entrez.

Troisième partie

« C'est là, de ma part, une fort jolie observation, que vous pourrez garder à tout jamais au fond de vos cœurs ; il y a des Gregor, des Jean et des Jeanne, qui ne savent pas qu'ils ont des ailes. »

Vladimir NABOKOV

Elle se tient devant lui, toute petite, une valise à ses pieds. Les couleurs se mettent à tournoyer, le rose, le jaune, et les images affluent en rafale, la bourge qui se la coule douce le cul dans le beurre, le sourire indéboulonnable sous les cheveux blonds, la voiture Playmobil qui hier lui a quasiment roulé dessus, la nudité stupéfiante dans la lumière du soir… Le mirage s'enfonce dans ses yeux et le cloue sur place. Sur son palier, tête baissée, sa voisine vient de frapper à sa porte – à lui de se débrouiller avec ça.

Comme elle reste silencieuse, il dit, entrez, et il s'efface pour la laisser passer. À cet instant, il met de côté des dizaines d'options, claquer la porte et réfuter la vision, pousser une gueulante défoulatoire, ou simplement faire usage de sa croix de fer, vite fait bien fait, sur sa jolie petite tête blonde – qu'est-ce qu'elle croit, qu'elle peut débarquer chez lui sans prévenir ? En lieu de quoi, il la laisse entrer, comme si c'était normal, ou même comme s'il attendait sa visite. Une manche décisive se joue. Un je-ne-sais-quoi s'est ramolli à l'intérieur et a cédé. C'est pas bon, ça. Il doit faire gaffe. Ouvrir l'œil – et le bon.

Elle fait quelques pas avec sa valise. La silhouette rose encombrée par le bagage occupe un tout petit espace et pourtant elle est gigantesque, sans commune mesure avec la femme de quelques centimètres qu'il mate par la fenêtre. La distance a créé une autre perspective. Sa présence dans la chambre révèle un autre volume, une stature inédite, confondante.

Elle regarde autour d'elle. Que cherche-t-elle ? Que peut-elle voir dans cette pièce dont il serait ignorant ?

« C'est gentil chez vous. »

L'image parle. Comme si le son était rétabli après une longue coupure. La voix se révèle fragile, d'une douceur inattendue, un timbre poli, sur un fil. Il lui semble ne jamais avoir entendu le mot « *gentil* » – ni toutes les nuances qui s'y nichent. Il voudrait prendre son carnet et le noter tout de suite, pour quand elle sera partie. Car il ne peut pas en être autrement. Un moment viendra, sans doute très proche, qui sait dans quelques minutes, où elle repartira comme elle est apparue. Peut-être s'excusera-t-elle pour l'accident de voiture et ce sera fini. Un petit tour et puis s'en va.

Mais sa valise ?

Il attrape la valise et la range contre le mur. Il gère l'urgence, d'instinct. C'est le genre de situation à laquelle on n'est jamais préparé. Un de ces moments dont on a une conscience aiguë quand on les vit, et qui nous font dire, il y aura un avant, et un après.

Elle le laisse faire. Il doit avoir une tête bizarre, parce que, d'un coup, elle se marre. Oh, ce sourire. Il se met à trembler. Ça commence à sentir le roussi. Ça peut barder.

« Elle est lourde, j'ai pris un peu n'importe quoi. »

Puis elle pivote vers la fenêtre.

La fenêtre. Bien sûr. Qu'il est con. Elle est venue pour ça. Pour voir ce que ça fait, de mater sa maison depuis son poste d'observation. Et pour l'accuser. Alors c'est comme ça que vous me matez tous les soirs ? Elle est venue l'humilier, jeter son mépris à sa gueule, le menacer, le punir. Elle frappe à sa porte et il la laisse entrer sans la moindre résistance. Maintenant, elle va lui faire les gros yeux et le disputer comme un mioche pris en flagrant délit avec une orange dans la poche. Et quoi ensuite ?

Elle s'avance et le manteau rose s'encadre dans le clair-obscur. Il y a erreur. Ou bien c'est une farce. On se moque de lui. Elle joue, comme s'il était une souris, de sa patte elle le titille, avant de le bouffer d'un coup de croc.

« C'est joli chez moi aussi, vu d'ici. »

Il ne va pas tenir longtemps. L'incohérence, le simulacre, le doute, la confusion le mettent au supplice.

« J'habite en face… »

Putain. C'est quoi cette embrouille ?

« C'est un peu spécial, je sais, mais je cherche un endroit pour dormir, un jour ou deux… J'ai quelques soucis à la maison, j'ai dû m'absenter… Le temps de décider quoi faire, où aller… Je me demandais si j'aurais pu… rester ici… »

Un jour ou deux, la valise s'explique, d'un coup. Mais pour la suite… A-t-il bien compris ? Rester *ici* ? Des soucis, elle ? Quelque chose lui échappe. Ça va vite, trop vite pour son cerveau encroûté qui n'a plus donné la réplique depuis des décennies. Qu'est-elle en train de manigancer ? Doit-il s'affoler, prendre la fuite, se défendre – se réjouir ?

Elle se retourne. Un filet de lumière détoure sa silhouette de jais, diffracte la blondeur et embrase les murs. Coiffée d'or, fiévreuse d'un coup, elle fait un pas dans la chambre et tend son visage vers lui. Ses yeux écarquillés se sont agrandis jusqu'à lui bouffer la moitié du visage, et dans son regard, c'est la bousculade, les larmes débordent, désolation d'encre qui détrempe ses joues. Dans un flash, il revoit la bouche crispée sur la cigarette, la tête brimbalée par les mouvements du RER, les tournoiements du pantin dénudé, et l'évidence le retourne comme un gant.

Cette femme a du chagrin.

Les larmes éclairent sa chambre d'une lueur nouvelle. C'est différent, soudain. Comme quand on retire un masque de soudure après des heures de boulot. Le miroir se fissure et, derrière le tain, il y a une voix qui demande de l'aide.

« Je ne vous dérangerai pas. Je peux dormir sur le canapé… »

Sa voix s'effile encore, un chuchotement, et dans le souffle, une poignée de notes suspendues à sa décision. Comme une petite fille, ses yeux implorent. Pour la seconde fois en quelques minutes, il perd le contrôle. Ses lèvres se mettent en mouvement, au-delà de sa volonté, et ça se ramollit encore davantage au-dedans.

« Il n'y a que cette pièce. Mais je m'installerai par terre, j'ai l'habitude. »

Il ne reste plus qu'à avouer qu'il sort de taule, et ce sera la totale. Il attrape la chair de ses joues entre ses molaires et donne un coup sec qui fait saigner instantanément.

« Merci. »

Elle retire son manteau, le pend au dossier, tire la chaise devant la fenêtre et elle s'assied, bras croisés sur son ventre, en avant comme pour ne rien rater de la vue dehors.

« Ne vous inquiétez pas pour moi, faites comme si je n'étais pas là. »

Il fait comme elle dit. Il s'assied sur le canapé.

Il regarde la pièce comme s'il la voyait pour la première fois. Le canapé est rouge, il n'avait jamais remarqué. Et la table aussi. C'est bien d'avoir pensé à assortir. Le petit bar qui sépare la kitchenette est surmonté d'une planche de bois clair, comme le plan de travail à côté de l'évier. Les placards de la cuisine sont vitrés, on voit par transparence quelques assiettes et les verres facettés. Il croit se souvenir que les couverts ont un manche rouge, à vérifier. C'est vrai que c'est gentil chez lui. Les murs blancs, son canapé-lit proprement replié. Son bazar d'horloger, sa collection de livres, ses outils, ses chaussures crottées. Sa barre à mine. Saloperie. Il est à nu pour qui voudrait enquêter.

Il tourne les yeux. Elle est immobile sur la chaise. Elle regarde par la fenêtre. Elle mate. Elle a pris sa place. Cette paire d'yeux qui plonge au dehors et vole les images passantes, c'est lui. Elle est devenue lui. Et lui la regarde regarder. La terre se renverse, le sol au plafond, il ferme les yeux, ça tourne, n'importe comment, comme dans des maracas.

Soudain, il s'inquiète – d'où provient cette capacité à parler sans rien maîtriser ?

« Vous avez faim ? »

Elle se retourne.

« Je suis affamée. »

Il ne peut pas lui proposer du thon et des biscottes.

« Qu'est-ce que vous voulez manger ? »

« Comme pour vous. »

« Je m'apprêtais à sortir. Faire des courses. »

« Je préférerais rester ici, si vous n'y voyez pas d'inconvénient. »

Elle s'est déjà replongée dans la contemplation de la rue. Il attrape son blouson, il a des sous dans la poche, ça tombe bien, il ne voudrait pas qu'elle voie l'enveloppe. Il ouvre la porte et hésite avant de sortir.

« À tout à l'heure ? »

« À tout à l'heure. »

Il dévale l'escalier quatre à quatre, troublé par l'infini des possibles alimentaires.

*

Les réflexes reviennent comme par miracle et prennent le dessus sur toutes les tergiversations. Tâter les légumes, exiger tel morceau de viande. Penser au persil, aux échalotes. Du vin blanc pour la sauce. Comme si tout allait de soi. Il est pressé, très pressé – plus rien ne compte puisqu'il est attendu.

En grimpant les escaliers avec ses sacs, il est pris d'angoisse. Que va-t-il trouver derrière sa porte ? Robert Paternoster et son cartable mou ? Le juge ? Les flics ? Son mari ? Eux tous, réunis chez lui pour dévoiler au grand jour leur complot ? Une pièce vide, et le doute que tout ça n'ait été qu'une divagation ?

Son odeur le terrasse de sa présence irréfutable. Dans sa chambre, ça *embaume*. Elle est toujours face à la fenêtre. Il n'a pas rêvé. Elle n'est pas partie. Elle l'a attendu, tandis que son parfum a pris possession des lieux.

Le souffle court, il déballe ses courses, impatient. Depuis combien de temps n'a-t-il pas mangé ? La faim étreint ses intestins. Il pourrait dévorer crue la pulpe des légumes, aspirer le jus qui coule sur ses doigts, lécher le plan de travail.

Elle s'approche et s'accoude au bar. Il ralentit ses gestes, s'applique à étirer l'instant. Laissons de côté les tourments du passé, l'avenir confus. Ne nous préoccupons plus des motivations obscures de cette femme, qui l'observe comme s'il ciselait de l'or. Régalons-nous des odeurs, des couleurs, de cette faim qui sera rassasiée tout à l'heure. Elle le questionne. Il répond, brode, se répand, généreux en détails. Comme en transe, des souvenirs lui reviennent du royaume des morts, qu'il raconte à la femme penchée sur sa casserole. Il est un passeur dont les lèvres se meuvent sans contrôle. La sensation molle est apaisante. On avisera de la suite plus tard, quand son ventre sera plein.

Quand c'est prêt, ils s'installent tous les deux à table, comme un couple. Il voudrait dire quelque chose de poli avant de se jeter sur la nourriture, mais c'est plus fort que lui, il ne peut résister. Il dévore, sans plus rien voir de ce qui l'entoure, oubliant la femme à ses côtés, les années de disette, ces dernières semaines crève-la-faim. Profite, mon gars. Ça ne durera pas. Il y a forcément un loup. Mais pour l'heure, il s'en balance. Le veau est filandreux comme il faut, juteux, substantiel, un trait d'acidité et derrière, toutes les saveurs. Il n'est plus qu'une bouche. La chambre s'envole. Dans une nacelle suspendue à un ballon, il fausse compagnie à la ville.

*

Après avoir terminé le repas, elle a bâillé plusieurs fois et ses yeux se sont rétrécis. Il a fait la vaisselle pendant qu'elle restait devant la fenêtre et il a proposé de se coucher. Il a appelé le Boss, ça n'a pas répondu – ça lui a évité de bafouiller devant elle. Il a laissé un message, inventé une grippe, pas possible de venir travailler avant quelques jours. Elle n'a pas posé de question. Elle ne parlait plus, repue sans doute, angoissée peut-être à l'approche de la nuit.

Ils se sont activés, embarrassés par les préparatifs, ouvrir le lit, changer les draps, préparer le couchage de fortune pour lui. Prendre son tour à la salle de bains. Il s'est imaginé dans une nouvelle cellule, découvrant un codétenu, les instants où l'on est avare de gestes et plus encore de mots, rien que l'essentiel, et l'on se jauge, comment va-t-on se supporter, combien de temps avant de se haïr ? Il a éteint la lumière et elle a dit, bonne nuit. Il n'a pas su quoi répondre.

Elle s'est endormie. Son souffle régulier s'est levé dans le silence de la nuit, comme des vagues de vent. Il ose à peine bouger, bien que le sol soit dur sous les coussins. On s'habitue vite au confort. La chambre flotte dans la pénombre. La nuit prend son temps. Si le jour pouvait ne jamais venir. Il voudrait lever la tête pour voir ses cheveux étales sur l'oreiller – elle dort sur le dos. Mais il ne bouge pas. Il n'a pas le droit de bouger. C'est interdit. Les cheveux sont à portée de main, dans son propre lit, mais il est défendu d'y toucher.

Elle s'appelle Valérie. Il aurait imaginé un truc plus chichiteux. Elle a pris un drôle d'air pour dire son prénom, à la va-vite, un peu bégayante, comme si la question était indiscrète. C'est quand même elle qui avait demandé en premier. Lui a répondu en détachant les syllabes, profitant de chaque son, combien d'années sans répugner à prononcer son prénom ?

« Vin-cent. »

Les deux syllabes tournent en volutes et se mêlent au souffle de la dormeuse. Enfant, il pensait qu'avec un prénom comme le sien, il ne pourrait qu'être riche. Vingt cent. Ça faisait beaucoup. Il s'est bien gouré. Vin, sang. Rouge comme le malheur.

Il s'appelle Vincent et il n'a pas de vie.

Lentement, le drap soulevé pour éviter le frottement, il détend le bras. À peine a-t-il saisi son sexe qu'il jouit. Il étale son sperme sur son ventre.

*

C'est quoi ce bordel, à la fin ? Qu'est-ce qu'elle vient foutre ici, avec ses airs de sainte nitouche ? Une femme comme elle, chez un homme comme lui, soi-disant pour réfléchir ? Réfléchir à quoi ? Elle se fout de sa gueule. Elle dort paisiblement dans son propre lit, et lui se retrouve sur le carreau. C'est toujours la même musique. Il gît sur le sol tandis que les autres se prélassent sous les draps. Pigeon. Couillon. Trop bon, trop con. Tu y as cru, à l'histoire de la bourgeoise qui débarque chez son voisin, la bouche en cul de poule, avec une valise pour tenir un siège ? Elle fait comme si elle ne le connaissait pas, mais elle est leur complice. Ils l'ont envoyée pour l'espionner. Ou mieux, elle se venge. Il l'a trop matée, elle prend sa revanche en venant étaler ses cheveux d'or sur son oreiller, mais pas touche, sinon, c'est le violon. Et s'il lui prenait l'envie de se dépoiler, là, au beau milieu de la nuit ? Si elle se mettait à tournoyer comme les autres soirs, épileptique, nichons à l'air ? Une fois de plus, il se fait avoir. Il s'est emballé. Qu'est-ce qu'il a cru ? Qu'elle était là pour ses beaux yeux ? Ses larmes, son intérêt, ses simagrées ? Tu parles ! Il s'est mis en danger. Crétin récidiviste et impénitent. Il mérite perpète. Il ne dormira pas cette nuit. Il doit faire le guet. De toute façon, sans cacheton, c'est même pas la peine d'essayer.

*

Au petit déjeuner, elle réclame du thé. Ben tiens. Pourquoi pas du champagne ? Pendant qu'il fait bouillir l'eau pour le café, elle s'enferme dans la salle de bains. Comme ça dure des plombes, il en profite pour s'habiller, accroupi derrière le bar. Il a mal partout. Putain de nuit. Elle ressort dans une tenue de sport qu'il voit pour la première fois et elle va s'asseoir direct sur le canapé, avec le regard de ceux qui viennent de s'envoyer un shoot. Elle se met à coasser comme un choucas, écervelée, survoltée, un dégueulis de bavardage sans reprendre son souffle, les yeux écarquillés. Ses bras et ses épaules tressautent. Elle lui ferait presque peur.

Il s'assied sur une chaise, anéanti par la journée qui s'annonce comme un supplice. Il ne veut rien écouter de ses histoires délirantes. Elle dit n'importe quoi. Elle ment – il est bien placé pour le savoir. Qui croit-elle leurrer ? Il connaît tout d'elle, et même des choses qu'il n'est pas censé savoir. C'est consigné dans son carnet. Tiens, s'il allait le chercher, il pourrait lui montrer ses notes, elle fanfaronnerait moins d'un coup. Il ferme les écoutilles, se replie comme un télescope – comme en taule. C'était plus simple avant, quand l'image était muette. Il pouvait s'en saisir à sa guise. Maintenant qu'elle est faite de chair et de mots, plus rien ne lui appartient. Et elle parle, elle parle… Peut-être est-elle encore plus dingue que lui. De quelle conspiration est-il l'objet ? Il va craquer, dans quelques minutes, peut-être moins, il va sortir de lui. Il commencera par cogner les murs. Ça la fera taire, mais passée la surprise, elle se remettra à piailler, par malice, par vice, parce qu'elle est l'envoyée du Mal. Il la frappera alors, à petites gifles et elle, bouffée soudain par la trouille, commencera à pleurnicher et à supplier – ça l'exaspérera encore plus. Il attrapera alors la clé qu'il a glissée à la hâte hier soir sous le canapé et qu'il voit frétiller entre les jambes de la femme et il finira par tout envoyer. Il commettra l'irréparable, le faux pas que tous attendent pour le boucler *ad aeternam*. Il aura perdu.

« J'ai trempé mes doigts dans le sang de mon père et j'y ai goûté. »

Les mots de la femme se détachent de la cacophonie, s'assemblent en grappe et viennent le percuter en pleine gueule. La phrase pénètre ses tympans, se glisse entre le marteau et l'enclume et se fraye un chemin dans l'enchevêtrement de ses neurones jusqu'à trouver où s'emboîter dans sa mémoire, en écho à ses propres décombres. Elle s'est tue. Leurs regards se pénètrent, deux feux croisés où coule la même lourde et lente lave de souffrance. Les images se bousculent. Le carrelage flamme où, assis en tailleur, il jouait avec Michel. Les humeurs déversées sur le sol, et le corps de son père, monumental, délivré de la pesanteur, volant dans les airs. Ses doigts d'enfant tâtonnent dans la flaque sombre, l'amertume foudroyante dans sa bouche, puis jaillit la main de sa mère qui le bouscule, va-t'en ! Un recoin où il se recroqueville, ses genoux contre ses dents, il mord sa rotule, une peau à peine saisissable, mais qui finit par saigner dans sa bouche. D'autres images en décharge, le parloir où il a laissé sa mère espérer aux côtés des autres détenus, ils embrassaient leur femme, jouaient avec leurs gamins tandis qu'elle attendait le fils prodige qu'il n'a jamais su être. Le sang qui suinte sur les murs, coule le long des bras, dans sa bouche comme dans celle de sa voisine. Le sang dans ses veines, qui ne désespère pas et instille l'espoir, à rebours.

L'envie de pleurer le submerge d'un coup. Ses paupières à court de larmes papillonnent, ivres d'un chagrin aride, écarquillées sur l'image de ce corps étranger sur son canapé, en miroir à sa propre existence. Une mécanique dans son cerveau s'inverse. Un obturateur dont il ignorait l'existence laisse entrer une lumière. La focale s'étire et son œil distingue à présent des détails décisifs, un tremblement au coin des lèvres, les doigts repliés dans la paume, une paupière qui bat. Les paravents s'affalent. Il n'y a plus de bourge sur son canapé, plus de blonde ou d'ombre menteuse. Il y a une femme en déroute, épouvantée, ô combien différente de l'image volée toutes ces semaines – et qu'il ne connaît pas.

Et lui ? Quel homme est-il devenu, qu'il n'a pas réussi à apprivoiser ? À quel moment s'est-il transformé en son propre geôlier ? Des vents contraires le traversent. Il voudrait secouer le corps de cette femme et hurler, moi aussi j'ai trempé mes doigts dans le malheur et je suce mon sang depuis une éternité. Il voudrait la supplier, quémander son aide. Vous qui avez frappé à ma porte, d'où vient votre force ? D'où surgit l'eau de vos larmes ? Qui me recueillera sur un canapé ?

Quand il revient à lui, elle s'est endormie. Ses yeux se sont fermés et elle a laissé sa tête basculer sur le dossier du canapé. Son corps gît sans défense. Dans le silence et la lumière basse du matin, ses narines comme une soupape s'ouvrent et se ferment. Ses paupières ne tremblent plus. Elle s'est apaisée.

La clé sous le canapé lance un reflet métallique qui vient frapper sa rétine. Derrière les jambes assoupies, la clé se tortille, contorsionne ses membres comme des asticots, elle cherche à l'amadouer en susurrant ses promesses de jouissance. Approche, chuchote-t-elle, prends-moi dans ta main, je suis faite d'un alliage ferme, je peux faire couler le sang comme tu aimes, sers-toi de moi, je vais t'aider à posséder.

Il se lève avec précaution et s'agenouille devant le canapé. La femme a replié une jambe sous elle et l'autre pend. Elle ne porte pas de chaussure. Il attrape la clé qui redouble de gesticulations, et la glisse à l'arrière de son pantalon. Il observe le pied suspendu dans le vide. Les nerfs se détendent et le pied tressaille dans le sommeil. La clé ne cesse de gigoter dans son dos, elle réclame, hausse le ton. Allez, frappe. Ne te laisse pas attendrir. Il est temps de passer à l'acte. Souviens-toi. Si tu ne te défends pas, on te piégera. Cette femme te veut du mal. Comme les autres. N'oublie jamais, la meilleure défense, c'est l'attaque.

Le pied est si fragile – le pouce à peine épais, les ongles peints en rouge, le dégradé des orteils jusqu'au dernier minuscule, les tendons saillants, un grain de beauté sur la cheville osseuse. Une porcelaine. Une dentelle de peau et de veines, qui ballotte dans le vide, un pied confiant, innocent, une brindille suspendue à un arbre frêle. Il met ses mains en coupe, comme pour le boire, ou le cueillir – mais il ne touche pas. Ses lèvres se froncent, maintiennent le plissé quelques secondes et laissent s'envoler un baiser aérien et silencieux.

La clé gémit, contrariée dans ses desseins. Il se relève et se dirige vers le placard. Il saisit la clé qui fulmine et tente de s'entortiller autour de son poignet, mais il la fourre au fond du placard. À la seconde, l'objet redevient inanimé. Il referme le battant et se retourne. La femme n'a pas bougé.

Il ressortira tout à l'heure, faire encore des courses. Il a vu des beaux champignons. Il pourrait faire un pain d'épices, et peut-être que le boucher vend des saucisses, une Morteau, avec des pommes compotées. Mais pour l'heure, il est épuisé. Il se rassied et étend ses jambes. Il pensera à tout ça plus tard. Ses paupières pèsent sur ses globes fatigués – ils en ont assez vu. Sa conscience s'engourdit. Il s'abandonne en espérant que le baiser a trouvé son chemin.

*

Il se réveille en sursaut. Elle lit sur le canapé. Elle relève la tête.

« Je me suis permis de prendre un de vos livres… Vous aimez lire ? »

À quelque chose dans la lenteur du phrasé, il sent que l'électricité a disparu. Comme si les frottements s'étaient atténués, comme une volupté atmosphérique. S'il aime lire ? Comment répondre sans raconter son père, ses anniversaires, les nuits dans sa cellule, à la lampe frontale ?

« Les mots sont mes amis. »

Elle reste rêveuse, les yeux flous, et sous son regard, un lac de douceur comme il n'en existe que dans les rêves.

« Ça vous fait beaucoup d'amis, alors. »

À son tour d'être songeur. Il n'avait jamais vu ça sous cet angle. Elle a fermé le livre. On n'entend plus que le cliquetis de ses horloges.

Il se lève.

« Il va être l'heure de manger. Je vais faire les courses. »

Il attrape sa veste et, avant de sortir, se retourne. Elle lui sourit.

« C'est drôle, depuis que je suis arrivée chez vous, je n'ai pas allumé une cigarette. »

« Oui, c'est drôle… C'est tout ou rien, avec vous. »

Il descend les escaliers, le cœur étrangement enjoué par cette anodine complicité comptable.

*

Il revient sans se presser, sans douter cette fois-ci qu'elle sera là. Elle lit toujours sur le canapé. Sans un mot, il se dirige vers la cuisine, défait ses paquets. À peine déballées, les saucisses exhalent l'odeur fumée de son enfance, le bois de sapin qui avait fini par s'incruster dans toute la cuisine. Le boucher l'a bien servi.

« Ça sent bon… »

Sans relever la tête de son livre, elle a commenté, comme de rien, comme on parlerait de la pluie et du beau temps. Une femme lit sur son canapé tandis qu'il cuisine. Il s'occupe d'elle et elle lui fait confiance au point d'abandonner son pied dans le vide quand elle fait un somme. Ils partagent l'air, l'espace et le temps.

C'est une merveille, l'expansion des biens que l'on partage.

Plus on donne, plus on possède.

La réalité le sidère. Son ignorance a failli lui être fatale. Comme d'habitude, il n'a rien compris. Il a paniqué. Il s'est imaginé attaqué, piégé, manipulé. L'hostilité, évidemment. Il n'a pas réfléchi. Aveuglé, comme d'habitude. Il s'en est fallu de peu, pour qu'il passe à côté de ce qui lui apparaît comme une évidence tandis qu'il plonge les saucisses dans l'eau frémissante. Cette fois-ci, personne ne cherche à lui nuire. Cette femme n'a pas forcé sa porte. Elle n'a rien forcé du tout.

C'est lui qui l'a laissée entrer. Il a décidé. L'acte libérateur derrière lequel il court comme une poule sans tête vient de se produire. Il vient de laisser la vie entrer. Une femme est venue, il ne lui a pas tourné le dos – et il s'en occupe. Ça aurait pu être quelqu'un d'autre. Ça n'a pas d'importance. Seul compte son renoncement à fuir. L'eau commence à bouillir. Il baisse le feu au minimum. Il a attendu si longtemps. Il peut bien prendre son temps.

Pendant qu'ils déjeunent, elle demande :

« Il y a un paquet sur l'étagère. Il n'est pas ouvert. C'est exprès ? »

Il se retourne. Le paquet enveloppé de kraft lui sourit. Quel miracle pour que tout lui paraisse simple à présent ?

« Maintenant, c'est le bon moment. »

Il déchire l'emballage, c'est difficile, il y a beaucoup de scotch. Comment ont-elles vieilli, les mains qui ont ficelé ce paquet ? Se sont-elles tachées ? Déformées par l'arthrose ? Décharnées ?

À l'intérieur, c'est emballé dans un papier de soie chiffonné. Sa main se faufile, écarte et reconnaît tout de suite l'objet. Son Bayard bleu, début 70. Offert pour un anniversaire – dix, onze ans ? Pas de lettre. Sa mère n'a jamais aimé écrire.

Combien de temps encore va-t-elle vivre ?

Le réveil est intact. La petite rayure sur la vitre date de son enfance. Il tourne le remontoir. Le tic-tac démarre au quart de tour et résonne dans la chambre. Sur le cadran, la tête du Mickey oscille avec entrain, le Mickey des enfants, celui qui est toujours gai.

« Quelqu'un doit savoir que vous appréciez beaucoup les pendulettes. »

Il relève la tête et plonge dans le lac. L'eau douce l'enveloppe de ses mains bleues, comme dans son rêve.

« C'est mon réveil d'enfant. »

« Ah… Vous avez de la chance. »

Qui l'eût cru ? C'est pourtant vrai, aujourd'hui, il a de la chance. Quelque chose de chaud prend corps dans sa poitrine, se déplie comme une fleur et diffuse jusqu'à ses lèvres. Il tend le réveil à Valérie. La bonne humeur du Mickey est contagieuse. Elle sourit à son tour. Toute cette joie, si vive. Le rire les saisit l'un après l'autre, un bouillonnement qui n'avait pas filtré depuis l'enfance et les emporte tous les deux.

Quand le rire se tarit, elle soupire, soudain grave.

« J'ai l'impression de sortir de prison. »

Oh, Valérie. Si tu savais. Il la regarde, son regard si doux, l'innocence dans ses yeux. Peut-être faudrait-il parler, tout avouer, enfin se dévoiler, faire table rase et renaître.

Il la regarde et dit :

« Moi aussi. »

Elle rit de plus belle.

*

« Saviez-vous que la boulangère a disparu ? »

À son air naïf, il comprend qu'elle ne sait pas de quoi elle parle. Elle colporte un ragot de quartier. Elle boit le chocolat qu'il lui a préparé – comme une enfant, c'est son dessert. Son visage disparaît dans le bol et réapparaît, taché et repu.

« Je me suis enfuie de chez moi. J'ai quitté mon mari, ma maison. C'est la boulangère qui m'a donné le courage, même si je ne la connaissais pas vraiment. »

Valérie apporte la dernière pièce au puzzle et l'image s'ordonne. Les étapes se sont enchaînées dans un ordre précis, vers un but qu'enfin il atteint. Valérie s'est sauvée de chez elle. En ouvrant sa porte, il l'a sauvée et il s'est sauvé. Valérie est sa chance *in extremis*. Qui sait ce dont il aurait été capable si elle avait attendu, ne serait-ce qu'un jour de plus ? La boulangère faisait partie du plan – après l'avoir tant crainte, maudite, après s'être acharné… Il doit la remercier, aussi. *In extremis*.

« La boulangère est revenue. Je l'ai vue ce matin en allant faire les courses. Un coup de sang, une dispute idiote avec sa patronne. Mais tout est pardonné. Finalement, il ne fallait pas s'en faire. »

Valérie termine son chocolat et sourit d'aise. Il demande :

« Un autre ? »

*

« J'avais un chat », dit-elle.

Elle joue avec la fermeture Éclair de son sweat-shirt, monte et descend le zip. Elle va finir par le casser. C'est pas solide ces affaires-là, made in China.

« Un chat noir. Un Bombay. Ce sont des chats à pedigree. Avec des yeux dorés. »

On dirait qu'elle va pleurer.

« Un chat quand vous étiez enfant ? »

C'est à cause du réveil. Peut-être l'a-t-il rendue nostalgique.

« Non, pas du tout. Il est mort il y a une quinzaine de jours. Une hémorragie fulgurante. Suite à un choc. Ou un coup. »

Un coup.

« … C'est stupide, mais quand c'est arrivé, j'ai pensé que mon mari l'avait frappé. Qu'il s'en était pris au chat, juste pour me contrarier… Pour me punir… C'est complètement insensé… Mais ce chat, je l'aimais tant… »

Zip. Re-zip. Un coup, du genre coup de pied ?

Elle a un sourire triste et se replonge dans l'examen de la crémaillère qui couine à chaque passage de la navette.

Toute cette violence. Il n'y a rien qu'il puisse dire, ou faire, pour effacer ses fautes. Il ne pourra pas réécrire l'histoire. Mais devant lui, se dévoile un vaste paysage sur le point de refleurir. La fameuse deuxième chance.

« Toutes mes condoléances. »

Elle le regarde.

« Merci. Vous êtes bien le seul à vous préoccuper de mon chat. »

*

Elle se met à pleurer. Elle se lève et va à la fenêtre. C'est un mauvais calcul, le chagrin redouble, face à sa maison.

Il va chercher le Sopalin et vient à côté d'elle, devant la fenêtre. Ensemble, ils regardent ce que seul il a tant maté. Une partie de sa cuisine est visible, la salle à manger et la table noire, éclairée par la lumière du jour. Les fenêtres du premier étage, et face à eux, celles de sa chambre. Elles se sont tues depuis qu'elle est arrivée. Le spectacle a pris fin. Le centre de gravité s'est déplacé. Quelque chose a changé qui ne se produira plus. Il l'observe à la dérobée. Elle fixe sa maison, l'œil sombre. Saura-t-elle jamais à quel point elle l'a aidé ? Peut-il l'aider à son tour ? Il a tué son chat. Il a volé ses images. Il lui doit des comptes.

« Je vous ai regardée… »

Une énergie reconstructrice, tellurique, fourmille dans ses jambes. Les mots, une fois qu'il les aura prononcés, pèseront moins lourd. Il va avouer, elle décidera.

« Tant regardée… Je ne pouvais plus m'arrêter. Je regardais mal, n'importe comment. Je me suis trompé. Toute ma vie, j'ai regardé de travers. »

Elle pose son front contre la vitre. Son silence est une incitation. Elle attend la suite.

« J'ai été prisonnier des images. Je n'ai su voir que des mirages. Je faisais dos à la lumière. J'ai fauté par là même où je me faisais piéger. »

Dans la rue, les contours des immeubles se mettent à trembler. Les lignes de fuite des trottoirs, les mâts des lampadaires, les droites s'incurvent. La maison d'en face s'éloigne, comme posée sur un coussin d'air. C'est l'ancien monde qui se désagrège tandis qu'un horizon se dégage sur un jour jeune, à perte de vue.

Elle soupire et prend la parole à son tour.

« C'est moi qui vous ai servi des images tronquées. »

Il ne comprend pas, mais ça n'a pas d'importance. Sans doute elle aussi avoue-t-elle des méfaits. Il n'y a rien à ajouter, rien à juger. L'absolution est une histoire personnelle. À chacun de résoudre ses dilemmes et de prononcer sa propre sentence.

Il attrape sa main. Elle est si petite qu'elle pourrait se perdre dans son poing. Il prend garde à ne pas serrer, qu'elle puisse se dégager aisément.

Elle ne se dégage pas. Elle a décidé. Elle reste.

*

Alors qu'un peu plus tard, il lui montre le fonctionnement de son automate et qu'ils sont penchés sur le mécanisme, Valérie vient appliquer sa bouche sur sa joue. Elle y dépose un baiser léger, qui remonte l'aile du nez vers son œil, l'arcade sourcilière, la racine de ses cheveux et il reste con à ne pas pouvoir faire un geste.

Il n'a pas été confronté à la matière humaine depuis si longtemps. Il faut qu'il la prévienne. Ses capteurs sont en panne, et même s'il ressent les vibrations, la déformation de ses tissus sous la pression des lèvres, la démangeaison de l'effleurement, il ne sait plus ressentir la volupté. Les influx nerveux ne remontent pas au cerveau. Ce qu'elle lui offre, il ne peut pas le recevoir. Ses baisers sont des gouttes d'eau sur une terre trop sèche pour les boire. Les cheveux blonds frôlent son visage, mais la caresse ne parvient pas à éclore. Il voudrait lui dire de s'éloigner. La mettre en garde. Il est resté hors du monde trop longtemps.

Il ne peut plus désirer.

Il la laisse faire quand même.

Quand elle sera fatiguée, elle s'arrêtera.

Sa bouche est une fleur.

Elle souffle sur les nuages.

Les baisers pleuvent en rythme. Ni trop rapide ni trop lent. En cadence. Il compte. Un soixantième. Le rythme de la vie.

La vie. Au fond de lui, ça a bougé. Un mouvement infinitésimal. La caresse du mu. L'espérance. La bouche a donné une impulsion. Tic. Rotation arrière. Tac. Nouveau baiser. Tic. Oscillation. Tac. En lui, ça s'est mis à tourner. Son pendule s'est ranimé et transmet sa force, qui se divise en mille énergies et s'échappe jusqu'à ses lèvres. Sa bouche frémit. Miracle de la cinétique. Elle l'a remis en marche.

Est-ce son baiser de tout à l'heure qui a essaimé ?

Une fois qu'il est sorti, elle peut se remettre à respirer. L'insanité de son acte la terrasse. Elle a fait le grand saut. Elle est partie. Elle reste vissée sur la chaise à regarder la façade de sa maison, incapable du moindre geste, ressassant les pensées contradictoires, dans l'attente d'un signe qui lui dise quoi faire maintenant. Peut-être est-il encore temps de faire marche arrière ? Si seulement ce type l'avait chassée au lieu de la laisser entrer sans rien demander. Si seulement *on* la rappelait à l'ordre, si *on* la suppliait, elle pourrait se laisser amadouer, elle reviendrait, inventerait une histoire pour Bruno, ou même avouerait tout, elle se repentirait, et lui comprendrait, pardonnerait, ou plus certainement, il s'en ficherait et allumerait la télévision, allez, ma petite, va me déballer cette valise et viens t'avachir, viens t'abrutir d'images anxiolytiques, approche-toi que je lessive ta cervelle rebelle, enfile tes menottes et ferme-la, coucouche panier et pas bouger.

Sa maison reste muette. Ses filles vivent leur vie. Son mari l'a laissée prendre la fuite. Elle n'a plus de foyer. La suite est une question de détermination.

Elle regarde autour d'elle pour la première fois depuis qu'elle est arrivée, un regard furtif, à peine intéressé, comme si ça relevait du détail. L'appartement est minuscule, un studio en fait, du genre logement social, propre et bien rangé. Lino au sol. Kitchenette à l'américaine. Canapé-lit. Une seule fenêtre, pas de rideau. Quelques étagères, des livres et un bric-à-brac de vieilleries.

Elle entre dans la salle de bains. Un mouchoir de poche, étincelante comme si elle avait été briquée à la chamoisine. Ça sent le frais. Pas de baignoire, peu de produits de toilette, rien que le nécessaire. Elle se lave les mains. Les trois spots qui encadrent le miroir l'éclairent violemment. Elle est fatiguée, les yeux cernés. Elle est moche. Qui voudra d'elle à présent ? Elle est à quelques mètres de sa maison, pourtant sa solitude atteint son apogée. Elle essuie l'émail du lavabo avec la serviette, la cuvette brille comme du marbre. C'est agréable, la propreté. Cette miniature de salle de bains lui fait penser à une maison de poupée qu'elle avait, enfant. Une maison sans façade, éventrée, devant laquelle elle s'agenouillait pour ordonner inlassablement des meubles minuscules. Elle a peut-être rétréci et se trouve à l'intérieur de son jouet. Ce serait bien, elle pourrait s'allonger sur un lit de la taille d'une boîte d'allumettes, tirer la fausse couverture et s'oublier dans un coin, pour l'éternité.

Réveille-toi ma fille. Il n'est plus temps de jouer. Tant qu'il est sorti, va aux toilettes, prends une douche, toutes ces choses qui seront si gênantes ensuite. Elle ouvre sa valise et cherche sans savoir quoi, fébrile, retourne sa trousse de toilette surdimensionnée, les imprimés fleuris, les matières vaporeuses. Elle n'a pas pensé à emporter une serviette de toilette, comme si elle allait à l'hôtel. Elle sort une brosse à dents et du déodorant. Une culotte.

Une sortie de bain blanche pend à une patère. Un peu humide, mais propre. Est-elle capable de ça ?

Elle se déshabille à la hâte, mon Dieu, faites qu'il ne revienne pas maintenant, elle se glisse sous la douche en prenant soin de ne pas toucher aux parois. L'eau jaillit puissante et chaude, elle se frictionne avec les mains, sans savon, s'attarde. Le délice de l'eau la surprend, comme si elle était plus douce de ce côté-ci de la rue. Allons. Ça va aller. Elle a toujours su s'en sortir. Elle est armée pour réussir.

Elle renfile les mêmes vêtements, boucle sa valise, reprend sa place sur la chaise et essaie de respirer. Oui, ça va aller. Si on réfléchit froidement. Il n'y a rien d'extraordinaire à la situation. Elle a quitté son mari, comme des millions de femmes – il n'y a pas mort d'homme, de nos jours. Maintenant, elle prend un temps de réflexion. Sage décision. Ne pas se précipiter. Elle a demandé à un voisin de l'héberger, quoi de plus normal ? Entre voisins, on peut s'aider. Elle se déshabille tous les soirs sous ses fenêtres et s'est imaginé en faire son amant alors qu'elle ne lui avait jamais adressé la parole.

Elle est dingue à enfermer.

Comment en est-elle arrivée là ? Trouver refuge chez un inconnu, un maniaque, qui sait, un drogué, un repris de justice, c'est tout bonnement cinglé. Dans sa gorge, les larmes se ravivent et tordent son cou à lui couper le souffle. Le type est sorti faire des courses. Va-t-il revenir avec des complices et la violer ? Retrouvera-t-on son cadavre écartelé dans une décharge ? Une bouffée de terreur la submerge. Il l'a peut-être enfermée à double tour. Elle va à la porte, qui s'ouvre sur le palier poussiéreux et l'escalier hélicoïdal. Elle peut prendre sa valise, s'enfuir, et… aller où ?

Ne pas céder à la panique. Elle retourne à la fenêtre et regarde en direction de sa chambre. C'est le calme plat en face. Un paysage indéchiffrable, qui a perdu tout son sens. La femme qui y habitait hier est déjà une autre, qu'elle ne comprend plus. Les rues sont vides. Le ciel bas et lourd. Une mélancolique fin de journée. Elle ferme les yeux.

Quand elle entend la clé dans la serrure, la pression dans son sang s'élève instantanément. Elle a tout remis à sa place, mais s'il voyait qu'elle a pris une douche, serait-il contrarié ? Est-il violent ?

Il est chargé, deux gros sacs qu'il pose sur le bar. Elle reconnaît les inscriptions, il est allé chez le boucher, chez le primeur. Elle repense à la boulangère, à cette existence qui par hasard a déterminé sa trajectoire – où est-elle à cet instant ? A-t-elle fait le bon choix ? Pourquoi certains êtres jalonnent-ils nos vies à leur insu ?

Elle se lève, par réflexe propose d'aider, mais on ne tient pas à deux dans la cuisine. Il déballe ses courses, lui demande si elle aime le veau. J'adore le veau, répond-elle de sa voix convenue – adorer le veau, qu'est-ce qui lui prend ? Qu'elle se la boucle, pour une fois. Fini les blablas. Elle ferait mieux de s'absorber dans la contemplation des préparatifs, le regarder peler ses oignons, découper les courgettes sans les éplucher, rincer le persil qu'il a pris frisé, s'imprégner de chaque détail pour se distraire de la conscience de soi et ne plus se voir accoudée au bar d'une kitchenette bon marché, face à un type dont elle ne sait rien, si ce n'est qu'ils prennent la même ligne de RER et devant lequel elle se dénude chaque soir. Sous son air policé, des vagues continues de honte la traversent.

Pendant qu'il cuisine, il engage la conversation, comme s'il voulait faire connaissance. La diversion tombe à point nommé, elle pose des questions, le relance. Il raconte qu'enfant il faisait souvent la cuisine avec sa mère. Ah oui ? s'intéresse-t-elle. Ils vivaient près de Besançon – Besançon, je n'y suis jamais allée –, dans une maison au bord de la route, avec une large poutre qui soutenait la charpente du salon. Il raconte le juke-box dans le bar où il allait rejoindre son père, ils écoutaient *L'Avventura*, c'est Stone et Charden, vous connaissez ? Il continue sans attendre sa réponse, les baignades dans le Doubs aux premiers rayons du soleil, même s'il faisait encore froid de l'hiver bisontin, et l'amoureuse à qui il avait préparé un gâteau pour ses dix ans. Quelle recette ? demande-t-elle. Il la regarde, surpris d'être interrompu. Leurs regards se croisent pour la première fois. Elle baisse les yeux, envahie par une chaleur aux joues, confrontée à ce visage à la fois familier et inconnu, à ces yeux dans lesquels s'est sans doute engrammée l'ombre indécente d'elle-même. Comment imaginer ce qu'il a pu faire de sa nudité – et lui, pourrait-il lire sur son propre visage la détresse qu'elle tente de dissimuler ?

Il embraye sur un autre souvenir. Il doit avoir l'habitude de penser à voix haute, il parle, mais en fait ne s'adresse qu'à lui. Sa voix grave, enfoncée dans la gorge, jeune et vieille à la fois, raconte. Elle se tait, et, malgré elle, se laisse bercer par le lent débit des paroles. Il raconte encore, une cuite à l'absinthe distillée par des hippies dans le Haut-Doubs, ils s'étaient couchés dans le foin d'une grange, bourrés comme des coings, les parents affolés de ne pas les trouver dans leur chambre avaient appelé la gendarmerie au petit matin, ils étaient inquiets pour son frère surtout, il avait à peine dix ans.

Dans la cocotte, ça commence à dorer. Il remue les oignons, attend que ça caramélise puis il verse les tomates. Ça frémit d'un coup et, à mesure que l'eau se disperse, le tumulte s'apaise. Tout est calme ici. Elle avait déjà remarqué son pas, c'est la même lenteur dans sa voix, dans ses gestes lénifiants ; il n'est pas pressé. Ses mains de géant s'affairent avec une indolence quasi professionnelle. Peut-être est-il cuisinier ? Un fumet monte de la casserole, elle se penche pour observer la fonte tranquille des légumes et humer l'odeur des plats qui mijotent longtemps. Il n'a pas acheté une pizza surgelée à balancer au micro-ondes… Il se donne du mal… Depuis combien de temps n'a-t-on pas cuisiné pour elle ? Une faim inattendue s'éveille dans son ventre, ses papilles s'humectent, son corps délaissé réclame ce dont il a été trop longtemps privé. Elle voudrait être une rondelle de courgette et se déliter dans l'huile.

Penché sur le fourneau, il semble l'avoir oubliée. Comme il raconte toujours en faisant revenir les légumes, elle ose un regard vers les cheveux d'enfant sur le haut du crâne, épars comme si une main les avait arrachés par poignées désordonnées, le front ravagé par les rides profondes, les joues rosies. Un visage qui a dû séduire, sourire, on y voit encore la beauté, la douceur, prises au piège dans les plis. À quel moment dans la vie d'un homme le passé prend-il le pas sur l'avenir ? Et si sa vie à elle n'allait nulle part au-delà de ses souvenirs ?

Il se tait quand c'est prêt. Ça sent bon. Il prend un air bizarre et dit qu'il n'a pas préparé à manger depuis au moins quinze ans. Quelle souffrance se cache dans cet aveu ? L'air se charge d'une émotion incongrue. Qui est cet homme ? A-t-il une femme ? Des enfants, des amis qui l'attendent, pour une belote, ou une pétanque ? Dans sa fureur, elle n'a jamais pensé qu'à elle. Pourquoi l'a-t-il accueillie ? Il ne semble pas l'avoir reconnue. Il n'a pas fait la moindre allusion la concernant. Et s'il ne l'avait jamais regardée par sa fenêtre ? Et si tous ces soirs où elle s'est donnée en spectacle, il n'y avait eu personne pour la regarder ? C'est possible – probable même. Cette pensée la soulage en même temps qu'elle l'attriste.

Ils s'installent à table. Il lui sert une portion d'ogre, mais elle a tellement faim qu'elle ne le stoppe pas. Dans son assiette, c'est rouge, vert, brun, parfumé. Il lui souhaite bon appétit – elle le remercie, au diable les chichis – et comme si ça allait de soi, comme s'il n'y avait pas de table, il pose son assiette sur ses genoux. Étonnement souple, la tête à quelques centimètres de ses cuisses, il enfourne d'énormes quantités sans reprendre son souffle. Elle détourne le regard, embarrassée, mais les odeurs sont irrésistibles, ce serait dommage de manger froid. Dès la première bouchée, elle sent que plus rien ne pourra l'arrêter. Une tiédeur se déploie, diffuse depuis sa bouche jusqu'à son ventre. Elle ferme les yeux, veut se régaler et profiter de l'onde de ravissement. C'est délicieux, dit-elle – encore cette voix ampoulée, pourra-t-elle un jour s'en défaire ? Avec lenteur, presque timide, il relève la tête, redresse son buste et dépose son assiette sur la table. Ils continuent leur repas en silence. La nuit est déjà bien tombée lorsqu'il se décide à allumer la lumière.

Pendant qu'il fait la vaisselle, elle regagne sa place devant la fenêtre au moment où Bruno se gare en face. Son pouls s'accélère. Elle décale la chaise pour ne pas être vue. Bruno sort en trombe de l'automobile et entre dans la maison. S'il laisse sa voiture dehors, c'est qu'il va ressortir. Les lumières jaillissent des fenêtres du rez-de-chaussée. Il grimpe les escaliers, se déshabille dans la chambre – mon Dieu, on voit tout ! – et elle devine qu'il va dans la salle de bains. Les voilages ne sont pas tirés, comme dans sa maison de poupée éventrée, on distingue parfaitement l'intérieur de sa chambre, les minuscules fauteuils crapaud recouverts de chintz, la lumière dorée du plafonnier, et soudain elle se voit au milieu de la pièce, girouette offerte, hallucination spéculaire d'elle-même à la fois ici et là-bas. L'angoisse l'étreint. Elle jette un œil vers la kitchenette. Tête baissée, imperturbable, l'homme essuie les verres.

Bruno repart une dizaine de minutes plus tard. Les phares de sa voiture illuminent la rue, puis c'est de nouveau l'obscurité.

La fatigue commence à monter. Elle demande :

« Comment vous appelez-vous ? »

*

Elle tremble comme une feuille. Elle sent contre ses os l'armature du lit sous le matelas trop fin, les draps irritent sa peau, pas assez doux, un coton raidi par les lessives à bas prix. Il vient d'éteindre et déjà elle entend sa respiration régulière. Il doit dormir sur le dos, il va sûrement ronfler, et peut-être d'autres bruits dans l'abandon du sommeil, oh cette intimité toute proche, et ces crépitements inconnus, le réfrigérateur peut-être, ça gratte derrière les murs, toute la pièce respire d'un souffle qu'elle ne connaît pas, le réveil répand ses lueurs rouges, elle grelotte. La quiétude du dîner s'est évanouie. Elle tend ses nerfs endoloris, ses muscles raidis dans l'effort pour ne pas bouger, la couverture ne suffit pas, le froid prend sa source si loin, comme un spasme il secoue son corps.

Si seulement elle pouvait se retourner, se mettre en boule, mais elle a peur qu'il comprenne de travers, qu'il croie qu'elle lui fait un signe, que pense un homme quand une femme débarque chez lui ? Tous les hommes sont ainsi faits.

*

Voilà. Elle passe sa première nuit en cavale, première nuit de femme en fuite. On ne peut nier le poids de la réalité. Elle n'a jamais rechigné à l'effort, s'est toujours appliquée à suivre les règles, tout ça pour échouer dans la studette d'un dénommé Vincent, bisontin monté à Paris qui dort aux pieds de son canapé-lit, cuisinier hypothétique – il a appelé pour ne pas aller travailler, doit-elle s'en inquiéter ? Elle regarde le plafond ombré de rouge et se demande, qui suis-je ? On l'a programmée pour tenir un rôle dont elle ne veut plus. Ce n'était pas prévu. Elle est comme un bug dans une mécanique parfaitement rodée. Maintenant qu'elle s'est éjectée du système, que va-t-elle devenir ?

La pièce est silencieuse. Seul son lit vibre sous les frissons. Avec une minutie et une lenteur extrêmes, elle descend contre son flanc son bras alourdi, centimètre par centimètre. Elle a mal au cœur. Elle a trop dîné.

*

Elle se trouve dans la salle du conseil, assise autour de la longue table ovale en compagnie de ses collègues de bureau, quand elle prend conscience que son ventre est ouvert comme une boîte de conserve. Elle examine l'intérieur de sa cage thoracique, ça ressemble aux carcasses de viande qu'on aperçoit parfois dans les pays exotiques, réceptacle à claire-voie impropre à mettre en sureté l'intimité. Pour mieux voir, elle écarte les bords crénelés de son abdomen et découvre dans ses entrailles une grosse limace qui, dérangée dans son repos, se met à osciller avec langueur. Entre dégoût et attraction, elle approche la main, effleure le corps humide qui, sous l'effet de la caresse, se tortille de plus belle et s'enhardit hors de son ventre. Elle a un haut-le-cœur et jette un œil confus à ses collègues, trop affairés pour faire attention à elle. La limace se dresse à présent à hauteur de visage. Comme un charmeur de serpent, elle accompagne le dandinement, et malgré l'absence de bouche à proprement parler, il lui semble que le gastéropode lui sourit.

Elle s'extrait lentement du rêve et se laisse flotter entre deux eaux dans une drôle de sensation, comme si elle venait d'accoster sur un nouveau rivage après une longue errance en mer. Elle palpe son ventre indemne, dont elle sait à présent qu'il abrite une vie bien à elle, d'apparence rebutante, mais bienveillante. C'est comme un secret qui vient de lui être révélé. Sa main se promène sur l'étendue de sa peau, les os saillants de la hanche, la naissance du pubis, une caresse d'une sensualité inhabituelle, comme dispensée par une émanation pure de la douceur. La lumière du petit matin filtre, elle entrouvre les paupières et son esprit flâne sur les ombres entraperçues, une crête de drap beige, un défilé de velours et à l'arrière, un antre sombre d'où émergent des placards de cuisine. Elle ne reconnaît rien, où est-elle, elle se redresse, mon Dieu, elle se souvient d'un coup, elle a dormi chez cet homme, elle le regarde, son immense corps lui tourne le dos, replié en boule à même le sol.

Elle se recouche, le cœur en tempête. Brusquement, elle est déracinée, amputée de son lit, ses meubles, Maman, ses filles chéries, même Iris, même Camélia, même le cadavre de Papa, elle les appelle de toutes ses forces, êtres chers qui me protégez depuis toujours, venez me chercher, j'ai besoin de vous, ne m'abandonnez pas, je suis de votre sang, vous ne pouvez pas laisser l'un des vôtres derrière vous, je me suis perdue. Dans la pièce étriquée, le silence est absolu et la solitude, écrasante.

*

Le lever est une épreuve comme il lui semble en avoir peu connu. Le corps de l'homme occupe tout l'espace quand il replie le canapé, replace les coussins, secoue et plie la couverture. Elle supplie en silence pour qu'il ouvre la fenêtre, mais non, comme s'il prenait plaisir à respirer l'air vicié de la nuit. Elle demande s'il a du thé, idiote qu'elle est, pourquoi pas du champagne. Il pose sur le bar un pot de Nescafé. Elle ouvre sa valise, attrape ce qu'elle a de plus vilain et file s'enfermer dans la salle de bains.

Elle prend une douche. L'eau fait renaître l'impression du rêve. Elle se sent dériver, enfin détachée du continent, pleinement seule. À cet instant précis, il n'y a personne pour la voir. On ne pense pas à elle. Ce n'est ni gai ni triste. C'est ainsi. La vérité s'impose, implacable, apaisante en un sens. Si elle ne compte que sur elle-même, plus rien ne pourra la décevoir. Sa main se met en quête d'un défi, s'agrippe à sa chair et tente de la faire jouir d'urgence. Ses doigts s'agitent et blesseraient presque au nom de la satisfaction qui vient aussi vite que Bruno hier quand il est sorti de sa voiture et qu'il s'est précipité dans la maison.

Combien de temps est-elle restée sous la douche ? L'a-t-il entendue ? A-t-il son oreille écrasée sur la porte, ou l'œil à la serrure, à guetter ce qu'elle fait ? Elle s'arrache à l'eau et s'habille sans un regard pour le miroir.

Il a enfilé un tee-shirt propre, un gadget publicitaire si on en croit la capsule de bière qui orne le dos et il farfouille dans la cuisine. Il ne lève pas les yeux, ne prononce pas un mot, une indifférence presque hostile. Elle dérange. Elle devrait partir. Lui foutre la paix. Il devrait la mettre dehors. Se débarrasser d'elle.

Au lieu de ça, elle s'assied sur le canapé et lui prend place sur une chaise, face à elle, comme s'ils allaient faire salon. Ses doigts s'agitent sur la fermeture éclair de son sweat. Une nausée violente l'envahit, c'est le veau d'hier qui ne passe pas, ou bien l'inquiétude face à la silhouette d'ogre. Elle partira dès que la nausée aura disparu, mais pour l'instant, si elle bouge d'un pouce, le mal de cœur l'emportera.

Le trop-plein est tel qu'elle se met à parler.

Elle se lance dans une histoire grotesque, tissée de mensonges qu'elle invente au fur et à mesure. Affabulations par lesquelles elle s'imagine protégée et qui en même temps la désespèrent. Quand parviendra-t-elle à être elle-même ? Elle lâche les amarres et se noie dans une ultime exhibition factice.

Elle dit qu'elle est née à Dinard – pourquoi Dinard ? –, mais que ses parents sont originaires de

Montpellier. Elle a vu le jour un 15 août, pendant les vacances, ce n'était pas prévu, pas de sage-femme à Dinard, sa mère a accouché dans un hospice religieux, le jour de l'assomption de Marie, sur un lit à barreaux. Elle dit qu'elle est orpheline – le mot a la douceur écœurante d'une pâte de fruits –, à l'âge de huit ans, ses parents morts dans un accident de voiture dont elle est la seule rescapée.

Impossible de savoir ce qu'il pense. Il fait de son visage un masque de pierre. Comme deux patients dans la salle d'attente d'un médecin, l'un mutique tandis que l'autre s'épanche sur ses pathologies, ils se font face. Elle enfle et va finir par crever, comme la grenouille.

Son imagination se déploie encore plus perverse. Elle raconte une pension fantasmée, où en guise de punition, les fillettes étaient roulées dans les tapis, ou ficelées au tronc du tilleul de la cour, et dont certaines parvenaient à s'échapper en jetant par la fenêtre leurs draps en liane. Pendant qu'elle déroule sa litanie d'inepties, les images réelles de son enfance se présentent une à une à son regard intérieur, l'appartement familial avenue Ingres, la maison de Villers, l'école des Oiseaux, la minuscule échoppe de bonbons prise d'assaut à la sortie des classes. Le sourire narquois d'Iris, l'air évaporé de Camélia. Comme des cartes à jouer, elles prennent place sur le banc des accusés, et tandis que sa bouche déblatère ses hystéries, un juge de paix prononce la sentence. La mort. Les cartes quittent le prétoire et se mettent à tournoyer, formant une bouillabaisse qui s'évacue par un siphon.

Puis les mots vrais, à qui tous les mensonges ont ouvert la voie, se présentent à ses lèvres.

« J'ai trempé mes doigts dans le sang de mon père et j'y ai goûté. »

Voilà. À cet inconnu, elle avoue le pire de ses forfaits. Elle s'est agenouillée aux côtés du corps étalé sur le tapis du bureau, le visage brûlé et méconnaissable baignant déjà dans une mare, elle a observé le regard cireux dans lequel l'âme palpitait encore et a passé sa main au-dessus pour sentir la vie s'en retirer, et comme l'ourlet de sa robe aspirait le sang de son père, elle a plongé la main dans la flaque et ses lèvres ont bu.

Elle ferme les yeux et se laisse aller à la torpeur. Tout est dit. Advienne que pourra à présent.

Le silence retombe comme un couvercle. La nausée se dissipe.

Enfin, le répit de soi.

La chaise craque. Des pas glissent sur le sol. Ses yeux restent scellés. L'onde se déplace, vient vers elle, lentement. Son cœur reste calme, avec la certitude que c'en est fini. Il est tout près. Elle le sent derrière ses paupières closes. Elle fait l'endormie. Ce n'est pas grave. C'est aussi bien que tout ceci cesse.

Il n'y a plus un bruit. Il la regarde peut-être. Elle respire sans à-coups. Qu'il regarde de tout son saoul.

Elle détend ses épaules, son ventre, les traits de son visage, son pied qu'elle abandonne dans le vide. Elle s'offre au regard, comme avant, mais le regard n'est plus une hypothèse, c'est si réel qu'elle sent le balayement des yeux sur sa peau. Il peut même la toucher s'il en a envie. Elle attend ses mains, qu'elles saisissent son corps comme ses yeux se sont emparés de son image. Elle attend une caresse, une gifle, un coup létal, c'est égal. Elle attend et l'angoisse devient espoir. Elle se présente sans manière. Elle n'a plus rien à cacher.

Elle se réveille dans un élan de douceur. Ses yeux s'ouvrent sur la chambre blanche, zébrée par le soleil matinal, parfaitement calme. Il l'a épargnée. Cette pensée la réjouit, au point que c'en est presque étonnant. Elle est vivante, en paix. Une tranquillité conquise, que rien ni personne ne peut troubler.

Il s'est assoupi à son tour, en équilibre sur la chaise. Ses lèvres papillonnent à chaque expiration. Il s'appelle Vincent. Elle regrette soudain d'avoir menti sur son prénom. Elle observe la masse du corps sur la chaise frêle. Il dort si bien, est-ce d'avoir passé la nuit sur le sol ? Il lui a laissé le lit. Il n'est pas allé travailler. Il a mis sa vie en suspens. Pourquoi ?

Elle observe la chambre avec une attention nouvelle. Que disent les lieux sur celui qui y vit ? Elle déplie sa jambe, remue ses membres ankylosés et se lève. Ses pieds nus font ventouse contre le lino. Elle s'approche des étagères comme une danseuse.

Des pendulettes forment une collection démodée, comme un voyage dans le passé. Rondes, carrées, sur deux pieds ou trapues sur un socle, un désordre poussiéreux. Elles sont toutes réglées à la seconde près, ballet troublant de synchronisme. Est-ce une simple nostalgie ? Sur le côté, un fouillis électroménager, et des outils, de toute petite taille, ordonnés comme des instruments de chirurgie. Entre deux pendulettes, il y a un paquet en kraft. Elle s'approche. Il a été posté de Besançon à l'attention de Vincent Moritz – il n'a pas été ouvert. Elle se penche vers les livres. Des formats de poche, alignés au millimètre, dont les tranches endommagées témoignent qu'ils ont été lus et relus. *La Planète des singes, Lettres de mon moulin, Crime et Châtiment, La Métamorphose, L'Herbe rouge.* Un parfait désordre littéraire. Et pourtant. Elle vérifie une intuition. Oui, ils sont classés par ordre alphabétique. Il y a des carnets glissés à côté des livres. Elle hésite, approche la main, mais n'ose pas. Au sol, un sac de toile, dont elle soulève un coin. Des outils massifs, pour des travaux conséquents. Est-il mécanicien ? Non, ses mains sont trop propres. Électricien ? Ce bazar hétéroclite ne livre aucun secret. Elle se retourne. Il n'a pas bougé, les fesses au bord de l'assise de paille. Chaque existence déploie à l'infini la complexité d'un univers singulier.

Elle attrape un livre au hasard – *Alice au pays des merveilles.* Sur la couverture, la fillette en robe rouge et tablier blanc est assise dans l'herbe et regarde courir le lapin en redingote, une montre à gousset à la main. Elle se rassied sur le canapé et commence sa lecture.

Une dizaine de minutes plus tard, il se réveille en sursaut, l'affolement dans les yeux. Elle attend quelques secondes, pour ne pas le brusquer.

« Je me suis permis de prendre un de vos livres. »

Elle lui montre le livre. Il reste à battre des paupières, ébloui comme s'il venait de passer une éternité à l'ombre.

« Vous aimez lire ? »

Il met un temps avant de répondre.

« Les mots sont mes amis. »

Dans sa poitrine, se lève un vent léger. Quelque chose vient de se gagner. Les intentions de l'un convergent avec celles de l'autre, comme une confiance réciproque.

« Ça vous fait beaucoup d'amis, alors. »

La douceur étend ses bras. Elle s'abandonne à l'embrassée.

« Il va être l'heure de manger. Je vais faire les courses. »

Il se lève d'un jet, attrape sa veste et avant de sortir, se retourne. Elle sourit à l'idée qui traverse son esprit.

« C'est drôle, depuis que je suis arrivée chez vous, je n'ai pas allumé une cigarette. »

« Oui, c'est drôle… C'est tout ou rien, avec vous. »

Elle l'entend descendre les escaliers, le cœur étrangement exalté par cette complicité inattendue – que sait-il de sa consommation de cigarettes ?

*

Pendant qu'il est sorti, elle flâne dans le livre comme si elle suivait la trace de Vincent. Là où ses yeux se sont posés avant les siens, elle lit, cultivant l'équilibre entre indolence et discipline, et les mots tissent un rideau d'eau à travers lequel elle passe et repasse sans relâche. Comme Alice, le voyage l'emporte, au point qu'elle l'entend à peine quand il rentre et qu'il commence à s'affairer dans la cuisine. Les mots sont devenus ses amis.

Elle ne quitte sa lecture que lorsqu'il apporte le plat. La table est mise, du pain frais coupé et des œillets mauves dans un verre. Entre deux bouchées, il sourit, heureux de constater qu'elle a bon appétit. Elle aimerait faire quelque chose pour lui, le remercier – mais comment ? Elle lève les yeux, cherche et soudain, sait.

« Il y a un paquet sur l'étagère. Il n'est pas ouvert. C'est exprès ? »

Il se retourne et dit :

« Maintenant, c'est le bon moment. »

Il déchire l'emballage avec difficulté, ce n'est pas un paquet de la Poste, c'est artisanal. Il en sort un réveille-matin à l'ancienne, bleu ciel, un boîtier rond avec sur le dessus, deux cloches qui doivent faire un boucan du diable.

Il est captivé par l'objet. Il le fait pivoter, l'observe avec attention. À l'arrière, il y a une grosse clé, qu'il remonte. Sur le cadran, la tête d'un Mickey se met à balancer.

Comme il reste muet, elle dit :

« Quelqu'un doit savoir que vous appréciez beaucoup les pendulettes. »

« C'est mon réveil d'enfant. »

Il s'absorbe dans la contemplation du Mickey. Elle aussi aimerait recevoir un paquet bien ficelé, contenant un bout de son enfance. Que quelqu'un se souvienne. Elle voudrait qu'on lui envoie sa poupée Pépita, un poupon métis aux cheveux noirs et raides comme une Indienne.

« Vous avez de la chance. »

Il lève les yeux sur elle, effaré.

« De la chance ? »

Il sourit, hésitant d'abord, puis le sourire s'élargit. Il lui tend le réveil et ensemble ils le regardent. Les bras du Mickey sont croisés comme s'il dansait le twist. La tête bat les secondes et sous les oreilles, un large sourire désuet. La bonne humeur du Mickey est contagieuse. Elle sourit à son tour. Le rire les prend et les emporte tous les deux dans un tourbillon irrépressible. Il lui semble qu'elle n'a pas ri depuis l'enfance. Elle soupire.

« J'ai l'impression de sortir de prison. »

Il la regarde et dit :

« Moi aussi. »

Il rit de plus belle, mais il y a comme une amertume derrière sa gaieté.

*

« Saviez-vous que la boulangère a disparu ? »

Bien sûr qu'il ne sait pas. Il s'en fiche. Personne ne pourrait imaginer ce que cette disparition a entraîné.

« Je me suis enfuie de chez moi. J'ai quitté mon mari, ma maison. C'est la boulangère qui m'a donné le courage, même si je ne la connaissais pas vraiment. »

Elle plonge son nez dans le bol de chocolat, partagée entre l'embarras et la jubilation. Le dévoilement de l'âme est bien plus engageant que celui du corps. Elle se confie à cet homme qu'elle ne connaissait pas il y a quelques heures, qui lui prépare des chocolats chauds et des saucisses – et son cœur s'émerveille. Elle a frappé à la bonne porte, enfin. En fuyant sa maison, elle a fait bien plus que de quitter son mari. Elle a quitté le troupeau. Comme la chèvre de Monsieur Seguin, elle a tout sacrifié à sa liberté. Elle survivra au-delà du point du jour.

Il soupire, soudain grave.

« La boulangère est revenue. Je l'ai vue ce matin en allant faire les courses. Un coup de sang, une dispute idiote avec sa patronne. Mais tout est pardonné. Finalement, il ne fallait pas s'en faire. »

Dans sa voix, vibre une émotion comme si cette nouvelle le bouleversait au-delà du raisonnable. Elle ne le questionne pas. Certaines douleurs ont la dent dure. Tout le monde a le droit à sa part d'ombre, à une page blanche.

À peine a-t-elle terminé son chocolat qu'il en propose un autre. Bien que repue, elle accepte.

*

Une tristesse a surgi qui s'abat sur ses épaules. Soudain, ses filles lui manquent, c'est physique, leur odeur, les couettes blondes, la peau rose de ses bébés, Caspia aussi, ses câlins d'animal, sa fourrure chaude.

« J'avais un chat. Un beau chat noir. Un Bombay. Ce sont des chats à pedigree. Avec des yeux dorés. »

« Un chat quand vous étiez enfant ? »

« Non, pas du tout. Il est mort il y a une quinzaine de jours. Une hémorragie fulgurante. Suite à un choc. Ou un coup… C'est stupide, mais quand c'est arrivé, j'ai pensé que mon mari l'avait frappé. Qu'il s'en était pris au chat, juste pour me contrarier… Pour me punir… C'est complètement insensé… Mais ce chat, je l'aimais tant… »

À mesure qu'elle parle, elle prend conscience de l'ineptie de ses paroles. Quelles intentions a-t-elle prêtées à Bruno ? Comment a-t-elle pu imaginer qu'il lui en voulait *à ce point* ? Bruno est un homme ordinaire. Il fait le bien, il fait le mal, mais ses pouvoirs sont limités. Elle ne peut l'accuser de tous les maux.

« Toutes mes condoléances. »

Elle chuchote.

« Merci. Vous êtes bien le seul à vous préoccuper de mon chat. »

*

Elle se lève et va à la fenêtre. Les digues ont lâché. Elle pleure.

Il vient à côté d'elle et lui tend un rouleau de Sopalin. Ensemble, ils regardent sa maison, cet assemblage d'ardoise, de béton et de verre qui a été son foyer et qui ne signifie plus rien. Elle regarde les fenêtres de sa chambre. D'ici, ce sont deux petites lucarnes sans histoire. Pourtant, elle a souffert dans cette chambre, où elle s'est exhibée, brisée de n'être jamais regardée, où elle a attendu en vain, la reconnaissance, la considération, l'assentiment. Elle pleure sur ses erreurs, sur son acharnement, sur sa vie fallacieuse, mal fondée.

C'en est fini. Elle est passée de l'autre côté. Ici, elle n'est plus une mère, une épouse, une sœur. L'image façonnée par les autres se ternit, pour disparaître tout à fait. Plus rien ne l'oblige. Elle voudrait attraper la main de Vincent, et sceller cet instant où elle renaît. Qu'a-t-il vu, lui, toutes ces semaines ? Qui peut savoir les drames qui se nouent derrière les façades paisibles ?

Vincent prend la parole, de sa voix grave et enfoncée dans la gorge.

« Je vous ai regardée… Tant regardée… Je ne pouvais plus m'arrêter. Je regardais mal, n'importe comment. Je me suis trompé. Toute ma vie, j'ai regardé de travers. »

Elle pose son front contre la vitre. Comme un dénouement, Vincent lui livre le fin mot de l'histoire.

« J'ai été prisonnier des images. Je n'ai su voir que des mirages. Je faisais dos à la lumière. J'ai fauté par là même où je me faisais piéger. »

Elle ne comprend qu'à moitié, mais ça n'a pas d'importance. Il était là, le soir, à la regarder – il n'y a que cette vérité qui compte. Elle doit avouer à son tour, qu'elle s'exhibait en pleine conscience, dans l'espoir d'envoûter un regard, le sien ou un autre. *Les péchés seront pardonnés à ceux à qui vous les pardonnerez.*

« C'est moi qui vous ai servi des images tronquées. »

Si seulement il saisissait sa main, maintenant. Ce qui a commencé comme une plaisanterie, comme un défi, un délire, devient une réalité indiscutable, qui n'appelle pas de commentaire. Elle est devenue cette femme-là. On ne peut plus la mettre dans une case.

Obéissant à son vœu silencieux, il lui prend la main. Sa poigne de géant cueille sans serrer, sans enfermer.

*

Vincent propose de lui montrer un mécanisme qu'il est en train de rénover. Il sort un plateau qu'il pose sur la table et enfile autour de son cou une loupe qui ne couvre qu'un œil. Il met des gants en caoutchouc blanc, très fins. Elle s'approche. Il a allumé une lampe et manipule de minuscules pièces avec une pince. Il fixe entre deux mâchoires un boîtier ouvert dans lequel elle voit s'activer des engrenages.

« Voulez-vous regarder ? »

Il fixe la loupe sur son œil.

« Fermez l'autre », dit-il.

Elle regarde à travers l'optique. Les roues s'emboîtent, l'une va dans un sens tandis que l'autre file à l'inverse. Elles s'entraînent dans un va-et-vient hypnotique et tout le système s'anime. C'est comme le battement d'un cœur.

Quand elle se redresse, il lui retire la loupe et attrape une mèche de ses cheveux.

« Je pourrais faire un ressort avec l'un de vos cheveux. Un ressort spiral d'or. »

Alors, c'était ça… Il est horloger. Elle plonge ses yeux dans son regard et, prise d'une impulsion, vient poser ses lèvres sur l'aile de son nez. Un baiser ténu, puis un deuxième, plus haut sur les paupières. Sa bouche s'emboîte dans les reliefs du visage tandis qu'il reste docile sous les baisers, paupières closes, sans bouger. Actionnée par un fil invisible, elle se promène jusqu'à la bouche frémissante.

*

« Tout n'est pas à jeter, dans nos vies. »

« Non, tout n'est pas à jeter. »

« Il faut juste faire un bon tri. »

« Se débarrasser des images corrompues. Des miroirs déformants. »

« Faire sauter les cliquets. Ne plus se laisser berner par le destin, le hasard, la chance. »

« Faire face. Choisir. »

« Vous savez par quoi commencer ? »

« Je sais. »

« Et ce soir ? »

« Ce soir, c'est le dernier soir où nous n'appartenons qu'à nous-mêmes. »

« Je sais où vous emmener. Là-bas, on voit différemment, comme depuis des coulisses. »

*

Les barreaux de l'escalier sont doux sous la plante des pieds. Le métal usé ne blesse pas.

Le souterrain, éclairé d'une lueur pâle, ouvre à tous les vents ses canaux engloutis. Un lacis de tuyaux serpente comme une guipure le long des parois, et dessine une constellation où des cristaux enchâssés montrent le chemin vers l'embellie. L'air a la douceur d'un crépuscule insulaire. Çà et là, des plantes d'eau grimpent et tressent une tonnelle. Au-dessus de leurs têtes, des centaines de pas bousculés, la foule, folle à lier. Ici, il y a quelque chose de changé. Ils sont comme rayés de la carte. C'est un jardin abandonné, en suspens, un seuil magique sur lequel se lève le rideau. Ils sont oubliés, le temps d'une nuit. La chance est pour eux.

*

Une sorte d'autel en pierre invite à s'allonger.

*

Le chemin était interminable pour arriver jusqu'à ce soir.

À présent, il a tout son temps.

Sans qu'il le lui demande, elle retire ses vêtements et elle s'étend sur le banc de pierre. Elle ferme les yeux.

Il tourne autour de son corps. Deux bras, deux jambes, quelques mètres de peau, ses cheveux défaits. Une épure humaine douée de vides, de poches, réceptacles, bouche, sexe, œil.

Il regarde son corps. Elle tremble à peine. A-t-elle peur ou froid ? Ses yeux se promènent, devinent son squelette sous l'épiderme. De combien de pièces est-elle faite ? Ses bras sont étendus derrière sa tête. Il regarde ses seins pâles, presque transparents. Il regarde son ventre, un peu bombé malgré la maigreur, ses poils plus cendrés que ses cheveux. Toute pudeur oubliée, elle abandonne à ses regards les plis, la chair froissée, les lèvres encore closes.

Puis elle redresse son regard et prend possession du sien. Ça crève les yeux. Dans son regard, il y a un message que même lui peut décoder. Il y a son désir de femme. Cette femme le veut, lui, Vincent Moritz, horloger non diplômé, mauvais fils, délinquant notoire et condamné. Elle le veut et son désir de princesse le consacre prince. Il pose sa main. *Utilise tes yeux, fiston, et pour ce que tes yeux ne peuvent pas voir, sers-toi de tes doigts. Apprends à regarder, chaque pièce, même la plus petite, et tu pourras créer l'éternité.* Il manœuvre ses doigts là où c'est tendre, anguleux, granuleux. Entre le pouce et l'index, il fait tourner les détails sensibles. La pulpe de ses doigts atteint un contrefort qui se fissure en pente douce. Il dépose les armes. Sa reddition présage sa libération.

*

Les peurs qui l'anéantissaient tombent une à une. Elle ôte ses vêtements et dévoile une nudité enfin dénuée d'artifice. Elle s'allonge sur la pierre douce et ferme les yeux. Il ne la touche pas. Elle reste immobile, frémissante sous la caresse effleurée du regard, bouleversée d'être autant regardée. Sous ses yeux qui la parcourent, elle est une femme magnifique, la plus belle que la Terre ait jamais portée. Elle veut tout montrer, se *donner à voir*, pour une fois ne pas déguiser, désapprendre son nom, les façons, prendre appui sur les nuages et ne plus être qu'un souffle de palpitations et de frissons.

Elle entrouvre les paupières. Sur les parois de la cavité, des ombres les observent. Comme des témoins, elles répliquent et démultiplient leurs silhouettes, anamorphoses de femmes allongées sur la pierre et de mains prêtes à saisir – et la vie afflue, emportant dans son sillage toutes les prisons. Elle est un cheval à qui on retire les œillères. Débarrassée de ses entraves, elle ne demande qu'à galoper.

Elle se tourne vers lui. Il saisit son regard comme s'il attendait le signal. Il pose sa main sur son ventre, lourde comme s'il voulait éprouver sa résistance. Puis les doigts empoignent, par dizaine ils dilatent son corps, une aisselle, une fesse, son cou, ses cheveux dans lesquels il enfouit son visage et qu'il ne lâche plus. Elle se tord dans un angle singulier et se découvre des souplesses ignorées et des mollesses d'amante. Leurs corps se nouent, la rencontre d'un autre sans altérité, un double, une moitié longtemps espérée, une sœur, un frère.

Épilogue

« Que parlais-je de main amie ! »

Arthur RIMBAUD

Vers dix heures, Vincent a une envie de grand air. Il ouvre la fenêtre. Le souffle du matin et la lumière tranquille caressent son visage. Il s'étire. Comment a-t-il pu rester enfermé si longtemps ?

Le manteau rose est suspendu sur le dossier de la chaise, comme une peau. Elle l'a oublié, ou bien l'a-t-elle laissé en souvenir. Il touche la laine, retire un cheveu blond. Faire un tour, se dégourdir les jambes. Flâner. Oui. Il a envie de flâner.

Il enfile son blouson et descend jusqu'à la rue.

Dehors, tout est neuf. Le soleil du matin a lavé le ciel. À grandes enjambées, il parcourt les rues au-delà de son quartier, des carrefours, des squares, des perspectives qui ne demandent qu'à être révélées.

Ses pas le mènent devant un téléphone public. C'est une cabine comme il y en avait autrefois le long des routes, une petite capsule de verre qui laisse l'usager au vu et au su de tous, et dont il pensait qu'elles avaient toutes disparu. Il pousse la porte vitrée. C'est le même sol en métal embossé, sur lequel gamins, ils jouaient. Le combiné pend au bout de son fil. Il y a une chance sur mille pour que ça fonctionne. Il connaît par cœur le numéro Certains souvenirs résistent au temps. Il fouille dans ses poches et glisse une pièce. Il presse les touches. Si ça répond, il remerciera pour le réveil. Ça sonne une fois et la voix de sa mère résonne au bout du fil.

Il revient sur ses pas, sans se presser.

Il traverse une place ensoleillée bordée de platanes. Il y a deux cafés. L'un a sorti ses tables rondes malgré l'air frais. Il n'y a pas de client. Il commande un Tango et, avant de s'asseoir en terrasse, descend se laver les mains.

*

Valériane décide de prendre un café sur une place ensoleillée bordée de platanes. Elle cale sa valise contre le mur et s'installe à la terrasse déserte. Sans manteau, elle frissonne dans l'air vif. Elle a faim. Au garçon, elle commande un petit déjeuner avec un chocolat chaud.

Elle n'est jamais venue jusqu'ici. La fontaine au centre, les arbres en couronne sur le pavage, les stores des échoppes, on dirait un village provençal. Il n'y a pas grand-monde. Et elle… Elle n'a rien à faire. Elle étend ses jambes. Comment a-t-elle pu rester enfermée si longtemps ?

Elle allume son téléphone. Mails, messages, textos arrivent en pagaille. Toutes ces personnes qui, à leur façon, l'aiment, se sont inquiétées de son absence. Elle envoie un message joyeux à ses filles. Elle est la mère de ses enfants. Certaines certitudes résistent aux épreuves. Pour le reste… Elle se mettra en route, à la recherche de la femme qu'elle est. Qui sait où cela la conduira ? Le garçon de café dispose sa commande qui tient à peine sur la table ronde. Elle trempe la tartine beurrée dans le chocolat.

Elle cherche sur son téléphone un hôtel discret, un petit établissement dans un quartier qu'elle aime bien et où elle ne connaît pas grand monde. Elle appelle, réserve trois nuits.

Dans son dos, s'élève une voix d'homme :

« Vous partez en voyage ? »

C'est la voix jeune et vieille à la fois, enfoncée dans la gorge, avec cette lenteur singulière, doublée d'une intonation badine qu'elle ne lui connaissait pas et qui la fait sourire comme par réflexe. La question n'appelle pas de réponse. C'est tout au plus un étonnement, une suggestion, une de ces aubaines dont parfois la vie vous fait cadeau. Il y a une chance sur mille pour que ça fonctionne. Elle se retourne et croise un sourire gamin.

« Rien qui ne puisse attendre. »

Elle ajoute :

« Au fait, je m'appelle Valériane. »

Table

Imprimé en France par CPI
en février 2016

Mise en page par Meta-systems
59100 Roubaix

Dépôt légal : mars 2016
N° d'édition : L.01ELIN000407.N001
N° d'impression : 133192